LAS TORRES DE ARENA

Antolina Ortiz Moore

LAS TORRES DE ARENA

PRE-TEXTOS
NARRATIVA

El jurado del XXXI Premio Juan March Cencillo de Novela Breve, formado por don Manuel Borrás, don Fernando G. Corugedo, doña Bibiana Fierro, don José Luis de Juan y don José Carlos Llop (presidente), ha acordado, por mayoría, otorgárselo a la novela *Las torres de arena*, de Antolina Ortiz Moore

Diseño gráfico: Pre-Textos (S.G.E.) y *
Imagen de la cubierta: © Camila de Orduna-Ortiz

1ª edición: octubre de 2023

PRE-TEXTOS, 2023
Luis Santángel, 10
46005 Valencia
www-pre-textos.com

en coedición con:
FUNDACIÓN BARTOLOMÉ MARCH SERVERA

IMPRESO EN ESPAÑA/PRINTED IN SPAIN
ISBN: 978-84-19633-63-7
DEPÓSITO LEGAL: V-3236-2023

Impreso en Estugraf Impresores

"... she *tried* to fancy what the flame of a *candle* is *like* after the *candle* is blown out..."

Alice Through the Looking Glass, LEWIS CARROLL

"The world doesn't stop for every tragic loss of life and, you know, I kind of wish the world could...".

MADRE DE UNA VÍCTIMA DEL 11 DE SEPTIEMBRE

"Es mejor encender una vela que maldecir la oscuridad".

CONFUCIO

"He wasn't remembering at all, but imagining".

The Singularities, JOHN BANVILLE

Para Marco y Camila,
siempre

Un día de septiembre, en veinticuatro horas, escribí el esbozo de Las torres de arena. *La inspiración llegaba con las voces sin nacer, en los sueños que duran toda la vida. Mi cuerpo cambiaba con el embarazo. El mundo se derrumbaba a mi alrededor. Alicia saltó de un espejo con su conejo. Cayeron en el agujero en el corazón del edificio.*

AOM

En el cubo de la escalera

Amy presintió la muerte cuando su pantufla se atoró en la arruga de la alfombra. En ese momento tuvo también la certeza de que el caos regía en el universo. Afuera, el cielo clareaba. Eran las 5:30 de la mañana. Había dormido profundamente, había soñado, pero no recordaba el origen de su angustia. Las voces de los niños sin nacer guardaban silencio. Niuniu la había despertado antes que su despertador, se había metido en la cama con ella, entre sus brazos, como un bebé. Soñé plumas, pensó Amy. Había cenizas y fuego. Su pie aplanó la arruga del tapete. La presencia de su abuelo estaba cercana, guardaba silencio. Amy se frotó los ojos frente al espejo hasta que desapareció. Las plumas y las cenizas también se disiparon. Su cama seguía con la mitad deshecha, la otra mitad sin tocar.

*

Mientras se bañó, la sensación de seda burda volvió a sus manos. Ahora volvía más seguido. En su memoria, el vestido colgaba de un maniquí sin cabeza. Amy no sabía por qué, pero en su mente también corría el recuerdo de un río amarillo, el agua bordeando la tierra roja. La regadera olía a jazmín. La seda pesaba sobre su cuerpo, algo que la habitaba como un agujero de polilla en la memoria.

Su abuelo le había dicho que la buena fortuna era algo tan ligero como una pluma, una pluma de fénix. Dibujaba al pájaro con las manos en el aire frente a él. Nadie sabe levantar una pluma del suelo, decía. Pero en cambio, la mala fortuna pesa más que una montaña y todos debemos cargarla. El río amarillo se arrastraba, rebalsando su cauce. Su abuelo amasaba manojos de té cocido sobre un cesto de mimbre. Amy apenas lo recordaba. Cerró el agua y se secó.

*

A las 6:45 de la mañana, el cielo seguía azul. Contrastaba con las hojas de otoño. El viento no alcanzaba a arrancar el follaje aún. El sol era una bola perfecta en el horizonte. El Hudson fluía hacia el mar.

*

Del otro lado de la ciudad, en la sala de espera del aeropuerto, la gente llegaba. Era la hora en que las bocinas llamaban a los últimos pasajeros que se apresuraron hacia la puerta de embarque. Se formaron filas frente al mostrador, los pasaportes abiertos. La cabina del avión olía a limpio, las revistas de la aerolínea y las bolsas de mareo estaban en sus sitios. La realidad seguía ordenada a pesar del caos subyacente.

Las azafatas acomodaron las maletas en los compartimentos superiores. Repitieron sus gestos frente a cada pasajero. Nadie prestó demasiada atención a las indicaciones, pues era temprano y estaban desvelados. Las máscaras de oxígeno sobre la nariz y la boca, las salidas de emergencia cercana, la cabeza entre las piernas, los chalecos salvavidas. El viaje sería corto. Los cinturones de seguridad rodearon los muslos, los sonidos metálicos se volvieron definitivos en las hebillas. Los monitores registraron las primeras señales de la torre de control. El piloto esperó la luz verde antes de iniciar los motores. Las llantas aguardaban detenidas sobre la pista.

*

Amy inhaló el aroma a té en la cocina. El perfume insinuaba secretos. Las cenizas caían en su memoria. Después de migrar, su abuela había revivido recetas. La mermelada agridulce, por ejemplo. La olla hervía entre recuerdos, en Waco y en el pueblo del fénix. Niuniu ronroneaba junto a los pies de Amy. Se mezclaban el pasado con esto, en las ollas. El sol replicaba los marcos de las ventanas con sombras sobre el mosaico de la cocina. Ahora la luz aparecía entre los bosques de arces a orillas del Hudson. Ya es otoño, pensó Amy. La percepción de la realidad cambiaba. Las voces sin nacer seguían silenciosas.

Cuando salió de su casa rumbo a la oficina, media hora después, Amy se detuvo unos momentos sobre la banqueta. Fue como si el cauce de un río interior se hubiera detenido de pronto. Una presa, pensó, algo que retenía el volumen íntegro de su pasado en su interior. Presintió la muerte de nuevo. Sintió el escalofrío. Qué raro, pensó. No se escuchaba ningún ruido en la calle. Y, sin embargo, había coches en la autopista, había golondrinas en el cielo. Amy se guardó las llaves en la bolsa y dejó la basura en el bote a un costado de la casa. Pensó brevemente en los hijos que nunca iba a tener. No sabía por qué pensaba en esto con tal insistencia ahora. El mundo reanudaba su marcha. Los autos volvieron a pitar en las calles. La estela blanca de los aviones apuntaba hacia la ciudad. En el cielo azul no había ni una sola nube.

Amy pensó en Patrick, en su divorcio. Los papeles estarían en el juzgado esa semana, el juez daría la sentencia. Después de quince años de vida en pareja, una palabra podía doler tanto, una firma sobre un papel. Palabras que construían su realidad.

*

A decir verdad, su matrimonio empezó a desbaratarse desde el primer día. Pero ignoramos las grietas, pensó Amy. Los muros de su realidad no tardaron en caer. El plafón se colapsó primero. Castillos de arena, nos desmoronamos tan fácil.

*

Los clientes llegaron desde las ocho de la mañana. Amy los esperaba en la entrada de la oficina, parada junto a un rayo de sol. A esa hora, incluso las sombras podían deslumbrar. Olía a café. Ya nadie usaba corbata, aunque algunos traían una en el portafolios, por si acaso. Los zapatos boleados. Venían de California, de Florida, Cincinnati y Europa. Ocuparon la mesa frente a los relojes en la pared. Era el año 2001, principio de milenio, era un mundo ambicioso y esperanzado. Las manecillas avanzaban juntas. México 7 a. m. Argentina 10 a. m. Tokio 10, Portugal 2 p. m. En Bagdad ya casi eran las 4 de la tarde.

Se acabó el mundo como lo conocemos, decía un empresario frente a la larga mesa de juntas. Ahora todo era global. Esperaremos un momento más, decía otro. Hay tiempo todavía. Su rostro se reflejaba, junto al lápiz en su mano, sobre la superficie de caoba de la mesa barnizada. Algunos lo miraron de reojo, revisaron sus celulares. Las sonrisas en los labios no delataban el pensar. Vinieron de lejos. El café y los documentos se hacían más presentes.

*

La vista era espectacular desde allí. Daban ganas de hacerse otra taza de café, de beberse el horizonte a tragos. Los hombres de negocios se lo bebieron sin mirarse a los ojos. El hijo de uno tenía un juego de béisbol por la tarde. El hombre no iba a poder asistir. Pero la mamá estará al pendiente, pensó, no pasa nada. Le debía la manutención de dos meses. Lo apuntó en una esquina de su agenda. Suspiró molesto. Otro hombre pensaba en su madre mayor. Discutían mucho, pero se extrañaban. Estaba preocupado por sus pulmones. El doctor les había advertido de los riesgos. Su madre decía que dejaría de fumar. Le pidió que la llevara al panteón. Irían a visitar a su padre. Un tercer hombre pensaba en su inversión en el banco. Un millón, pensaba, no es tanto. Pero no es tan poco, tampoco. Puede parecer fraude, lo voy a disfrazar de negocio. Su amigo inversionista seguía en prisión.

Los hombres miraban los minutos como centavos. Se acumula la riqueza. Las manecillas capturaban el orden de la realidad. Los dedos golpeteaban sus nervios sobre la mesa.

*

Amy cruzó los brazos frente al pecho, golpeteó su antebrazo con el índice. Estamos hechos de historias.

Creía ver cenizas caer del cielo. Eran manchas en su campo de visión, moscas flotantes. Pensó en el momento en que llegó a América, sola en la esquina de un patio de escuela, en cuclillas bajo una resbaladilla. Encontraba la paz entre los castillos de arena mientras construía con su pequeña pala los edificios que nunca duraban mucho tiempo de pie.

Había aprendido inglés muy pronto. Durante el recreo, balbuceaba las frases nuevas frente al espejo del baño. No se animaba a platicar con nadie. Su boca soltaba palabras como burbujas a la superficie del tiempo. Desde el patio llegaba la risa de otros niños, cardúmenes de peces plateados. Iban y venían al unísono. El sonido era un idioma ajeno y Amy se quedaba distante, afuera del agua. Muy pronto, incluso en su casa, dejó de hablar chino. Había que sobrevivir, pensó. Observaba a sus compañeros desde la distancia, aislada.

*

Ahora Amy escuchaba a sus clientes en la sala de juntas. Los rayos de sol avanzaban sobre el parqué hasta tocar las puntas de sus zapatos. Amy enderezó los pies. Quedaron en paralelo. En China, mataban lo verde con el sol. Eso hubiera dicho su abuela. Matamos lo verde. Se acomodaban las hojas de té sobre mantas para secarlas. Iniciaban el proceso de fermentación.

Amy sacudió la cabeza, disipó sus recuerdos. No sabía por qué estaba tan distraída esa mañana.

Al rato, los clientes saldrían a la terraza de observación a festejar el acuerdo que estaban por firmar. Tenían previsto un desayuno. Las copas de las mimosas chocarían entre sí. Amy conocía los sonidos que se escuchaban en la altura de la torre. Los había escuchado desde niña en Waco, los *fuck you* distantes, las risas, los accidentes de autos en las autopistas. El viento les arrancaba la coherencia a las palabras. Abajo, se escuchaban disparos y a veces las ambulancias, la música. Música en todas partes. Ritmo y canto y silencios. Amy brindaría por el vacío en ella, el vacío alrededor.

Los cardúmenes giraban ahora en la sala de juntas. Amy no giraba con ellos. Los observaba desde una distancia segura.

*

Esa terraza de observación, esa cabeza –si es que se le puede llamar cabeza a la estructura de acero de un rascacielos–, era adonde Amy había subido tantas veces a absorber el panorama por las tardes cuando se mudó a Nueva York. Sesenta y cuatro kilómetros a la redonda, se podía acariciar el horizonte con la mirada metida en los telescopios. Todo se sentía tan cercano. Extendía el dedo y lo tocaba. Era una textura eléctrica que quedaba adherida a su percepción mucho tiempo después de sentirla. A veces creía soñarlo. Todo es tan frágil. El telescopio de la terraza apuntaba hacia el Hudson.

Allí estuvo Amy con sus padres una sola vez, un poco después de migrar. Fue la primera vez. Tenían que ir, era la visita obligada. Todavía hablaban en chino entre ellos, pero lo hacían con cautela, bajaban la voz. Amy tendría seis años o siete. Después jugaría con la arena en su escuela, construiría castillos.

En el elevador, esa vez con sus padres, Amy había extendido la mano frente a su cara. Los edificios se acomodaron borrosos entre sus dedos. Se ve el universo, había dicho su padre, sorprendido todavía. El universo, repetía, *yŭzhòu*, 宇宙. Los telescopios lo acercaban al contorno de la realidad, se sentía bien ahí, en el centro de todo, sobre la torre de Babel. Creyeron entenderse entre sí. La mano del campesino sobre el hombro de su hija. *Yŭzhòu*, repetía, y miraba de nuevo el universo por el ocular. Durante cincuenta años había recogido hojas de té en las montañas y ahora las palabras se atoraban en su garganta, montaban al edificio con el viento y se adherían al aire, se deshacían en él. Allá, balbuceaba, mira. Su padre alcanzaba a adivinar China con el recuerdo.

Amy dirigía su mirada hacia el otro lado del mundo. Desde el observatorio se escuchaban las voces de todo. A veces parecía posible entenderlas. Aquí puedes conquistar tu destino, le había dicho su padre. Mira allá, los edificios, las montañas, las autopistas. Mira allá, el recuerdo, las palabras, el horizonte. Amy recordaba el pueblo del fénix entre cordilleras, con los recuerdos de su padre injertados en su memoria. Era un río amarillo en una cuenca que serpenteaba entre la tierra roja. Junto a ese recuerdo, había otros, secretos.

*

La terraza de cultivo tupida de hileras de árboles de té se hizo visible en su memoria. Uno se engaña. Miró el reloj en la pared, el que daba la hora de Nueva York. La junta estaba por empezar. Creemos tocar el horizonte, sólo tocamos mentiras. Su mano tocó el escritorio, los documentos. La realidad estaba hecha de arena.

Nadie conocía su nombre en la oficina. Era curioso. Había subido a la cima del mundo, tardó años, estaba por cerrar un acuerdo histórico entre compañías internacionales. La respetaban en su área de trabajo, pero nadie conocía su nombre. Lo había cambiado al migrar. Amy, le había dicho su padre, es más fácil de pronunciar para los occidentales. Así será mejor.

Amy abandonó su muñeca de tela bajo su cama. Le había escrito su nombre antiguo en la barriga. De niña sólo sabía escribir esos dos caracteres. Luego los tachó y escribió Amy encima. La muñeca quedó ahí, en el suelo. Amy no encontró más tiempo para jugar. Aprendió a hablar inglés sin acento, lejos de las risas de los cardúmenes en el patio. Se hacía pequeña como una golondrina en los pasillos llenos de gente. Fue la necesidad, diría años después a Patrick.

*

Con él fue igual. Absorbieron el horizonte junto con los martinis secos, ebrios y abrazados en la terraza de observación del edificio. Patrick paladeaba el panorama con aceitunas negras sobre la lengua. Era un sueño estar allí con ella. Se había prometido protegerla. Amy le recordaba a su hermana, no sabía por qué. Patrick se imaginaba sus vidas juntos. La veía feliz en un futuro construido con arena.

Cuando visitaban la terraza, buscaban constelaciones con el telescopio. Patrick ponía otra moneda en el mecanismo y la mano volvía al hombro de Amy. Juntos enfocaban horizontes. Lo lejano se hacía cercano. Con el cuerpo de Patrick a sus espaldas, Amy pensaba que las personas a veces respiran juntas. Como un cardumen, pensaba, en el cuerpo ordenado del mar.

*

Sin embargo, se engañaba. Decía que lo alcanzaba a ver todo. El horizonte está allí, decía. Allí están las voces, esperando nacer. Pero Amy empezaba a intuir que era el caos el que subía con el viento al edificio y era el caos el que desplazaba la arena.

*

En su escritorio, junto a las fotografías de sus padres y la de su abuela, estaba el contrato. Amy las hizo a un lado para revisar los documentos. Su compañera de trabajo se acercó, ¿Qué más les puedes encontrar a esas cosas?, le dijo. Vas a desgastar el papel de tanto mirarlo. El archivo había viajado por fax entre continentes hasta llegar a este momento. Habían corregido las frases, una por una. Algo siempre puede ir mal. Se levantó de su escritorio. Estaba nerviosa. Faltaban escasos minutos para firmar el acuerdo.

Amy dejó su taza de té sobre el escritorio. Ignoró el resplandor del sol en los edificios vecinos. El reflejo en los cristales era insoportable. Se fue a refugiar en el baño, como siempre hacía cuando tenía que detener el tiempo un momento. Luego pensaría en este fuego que ardía cada vez más cerca, era una advertencia. Veía su muerte por todas partes. Su compañera había subido los hombros y bajado la mirada. *Whatever.* Fue la última vez que se hablaron.

*

Amy se refugió en el baño. Se tocó las mejillas frente al espejo y pintó sus labios con el labial color salmón. El color le gustaba y el nombre, porque le hacía pensar otra vez en un pez fuera del agua. Se sentía nerviosa, aunque su reflejo parecía tranquilo. Un contrato es una cosa tan aburrida. No tiene dibujos, ni diálogos, ni historias. Como un contrato de divorcio: son palabras sobre papel. Lo terrorífico es que la cosa que me separa a mí de mí misma son precisamente esas mismas palabras.

*

El vuelo errático del avión empezó por esos momentos a adivinarse desde la torre de control. Los señores se habían mirado antes de levantarse de los asientos. No hizo falta hablar para comunicar sus instrucciones. Los documentos habían viajado por fax entre continentes, con claves secretas, hasta lograr ese momento. Sabían que no iban a sobrevivir para contarlo. Actuaron como uno. Un cuchillo, un gesto, un muerto. Un cardumen. Luego otro. Eran las 8:45 de la mañana.

Una persona se tambaleó entre los edificios, en el avión. El balance de sus pasos sobre el vacío hubiera dado ganas de llorar a quien lo viera.

Setecientos cincuenta kilómetros por hora, los motores del avión aceleraron al momento de estrellarse.

*

Los relojes del mundo se detuvieron.

*

El impacto del avión los aventó al suelo en la sala de juntas. El caos entró por las ventanas en un caudal lodoso, se llevó todo a su paso, fue un río amarillo. Las alfombras se arrugaron. Había voces que escapaban del polvo, cenizas que caían del cielo. Amy se golpeó la cabeza, perdió noción de la realidad. El orden obsesivo que regía su mundo se derrumbó. El espejo del baño se había estrellado a sus pies, los reflejos esparcidos por el suelo hablaban a un mismo tiempo. Eran las voces sin nacer, las posibilidades que brotaban de ella. Se escuchaba también la estructura del edificio al moverse sobre su eje. Los escombros caían a cuadras a la redonda. Motores y agendas, zapatos, corbatas, frases desarticuladas que desbarataban su sentido en el viento. Era un zumbido que perforaba los tímpanos. Un dolor intenso.

Amy se arrastró fuera del baño. Entraba y salía de un estado aturdido. Tardó en levantarse, en poder caminar de nuevo. Los aspersores del edificio llovían sobre el fuego sin extinguirlo. El agua se encharcaba, formaba lagos lodosos sobre la alfombra. Eran pasillos que ya no reconocía, era gente que corría entre las cenizas, reducidos a polvo. Como en China, pensó Amy, las cenizas cayeron del cielo. Era un hormiguero en el que alguien había tirado una piedra. Las hormigas huían despavoridas del nido.

El cuerpo de Amy se hizo cada vez más pequeño, otra vez un ratón, una golondrina. La realidad, pensó, se extinguía como una vela.

*

El mundo perdía su orden. Los escritorios empezaron a moverse, espantados. Se agrupaban en pequeños rebaños. Las sillas fueron las primeras en caminar, los escritorios y las bancas se movieron después.

El Hudson desborda de llanto

Cien pisos abajo, la turbina rompió la banqueta. El impacto se sigue escuchando. El viento atravesó como una espada al edificio. Amy corrió con la gente que escapaba de las llamas. Un sabor a naranja le llenó la boca. Era sangre, pensó. Pero sus dedos no se pintaron de rojo cuando se los llevó a la cara. Esto es un sueño. Amy se había hecho tan pequeña como las fotografías sobre su escritorio. En la bolsa de su pantalón encontró la llave de su casa.

*

Los teléfonos de esa Babel levantaron sus voces en todos los idiomas, los cables se hicieron nudos en la garganta. Dile a papá que estamos bien. Fue una explosión en los pisos de arriba. Ya voy, decía otra persona. La escalera está llena de gente. Hay arrugas en la alfombra.

Amy no encontraba su propia voz entre los balbuceos. Quería hablar con Patrick, escucharlo cerca de nuevo, pero Patrick no iba a contestar. En su lugar encontró a Niuniu entre los escombros. La gata aparecía y desaparecía sobre los escritorios partidos por la mitad. Su cola blanca atravesaba el polvo. Se escuchaba el ronroneo entre las paredes. Amy la siguió hacia el centro del edificio.

*

Desde su marco ovalado, su abuela sonreía. Había una banca de hierro en la fotografía y un magnolia. Los pétalos pesados caían al suelo desde las ramas. En el jardín se escuchaban abejas y se escuchaba la autopista cercana. La barda de piedra protegía el recuerdo, era un lugar hermético. En ese recuadro de cielo, incluso hace poco, nunca había cruzado un avión.

*

Unos pisos sobre la oficina, el restaurante se incendió, la bolsa de valores, los cuartos de máquinas, los balcones del observatorio y los telescopios. Las llamas subieron como columnas al cielo. El impacto había abierto un agujero al centro del edificio. Una espiral de escalones bajaba cien pisos hacia la calle. Una hilera de gente subía hacia la luz. Amy giró su llave en la cerradura. Niuniu la guiaba sobre las cenizas.

*

Amy saltó en el hoyo. Sus brazos se agitaron como una muñeca de trapo. En su barriga tenía escrito su nombre chino. Creyó que caía de pie, pero por momentos tocaba el suelo con las manos o bajaba los escalones corriendo. Luego, el suelo volvía a desaparecer. Amy se desplomó en caída libre.

Muchos objetos caían alrededor. Incluso el té caía perfumado en una taza. Amy alargó la mano y sujetó la taza. El té estaba a una temperatura perfecta. Esto era un sueño. Niuniu estaría en su cama, dormida. El despertador estaría por sonar. Lo pegajoso del caos encontraba su sitio entre las sábanas. La risa caía también, hecha pedazos. Había llamas, había plumas y cenizas.

*

Niuniu desapareció entre la muchedumbre. Amy la buscó. Así fue con Patrick después del divorcio. Se fue tan de pronto que me quedé sin palabras. La angustia marcó mi vida. Como con mi abuelo, cuando lo dejamos en China. El humo en los ojos le había hecho llorar, cenizas sobre sus mejillas mojadas.

*

Después de un rato, Amy dejó de caer. Los focos en el techo se encendían a veces para volver a apagarse un instante después. Arriba, se podía ver el cielo. Era como verse uno mismo a través de un telescopio. Se alcanzaba a adivinar el día de después. Los astros. Los planetas. Y abajo, un camino de escalinatas que no dejaba de girar sobre sí mismo.

En el siguiente descanso de la escalera, una nueva puerta se abrió frente a Amy. Del otro lado del umbral, se extendía el vacío. Su color fluctuaba, era el mismo tono de verde que alguna vez había visto en el mar, cuando se alejó de China. Un verde con tintes dorados. Amy emparejó la puerta. Mejor valía no entrar. El vacío estaba siempre demasiado lleno. Olía a caramelo con leche.

*

Bajar la escalera y abrir puertas la llevaba a otros momentos de su vida. El momento antes de nacer, por ejemplo. Amy se asomó con cautela. Me habré golpeado la cabeza, pensó. Su cuerpo seguía tan pequeño como el de un ratón. O un feto. Allí estaba, flotaba en líquido amniótico como un pez en el agua, una voz sin nacer. Fue antes de que todo fuera vida. Olía a caramelo y a leche. Sin dolor, todavía, y sin prisa. Las voces llegaban de lejos, palabras como arrullos que compartían un mismo latido de corazón. Allí estaban las dos. Amy, del otro lado de un espejo, como una estrella naciente en una nebulosa. Su cuerpo temblaba de frío, aunque el aire pesaba caliente. El olor a humo bajaba desde los pisos más altos del edificio.

Amy cerró la puerta con cuidado tras de ella. Un torbellino de gente bajaba. Se escuchaban sus lenguas, era la voz de Babel.

*

Su compañera de trabajo quedó sepultada bajo una montaña de archivo muerto.

*

Amy abrazó a sus padres. Las fotografías la miraban desde China, entre montañas. Largos y enjutos, su piel estaba quemada por el frío. Un caudal amarillo rodeaba la tierra. Las cordilleras serpenteaban. Los bosques de arbustos se extendían por encima, a pérdida de vista. Seguramente el sabor a naranja llenaba sus bocas también. Sus padres probaron la dulzura. En la provincia de Chāo'án, el universo duraba para siempre. Se doblaba.

La escarcha mataba los frutos en invierno. Los dejaba blancos y blandos. Su abuela los protegía con mantas. ¿Dónde estaba ahora su abuela? ¿Dónde quedó tu dolor?

*

Los rebaños de muebles se apelmazaban en los pasillos, cerraban el paso, se amotinaban, cortaban la circulación de la escalera, formaban parte de una migración extensa. Era un éxodo de sillones y escritorios. Los restiradores gravitaban hacia la salida. Una silla golpeaba el tablaroca. Rebaños de madera maltrecha, bancas, percheros, sillones y sillas, sillas de terraza, se perdían en la confusión. La gente también empujaba. Balbuceaban. Eran peces que se ahogaban. Saltaban en el agujero de gusano al centro del edificio. Había cuerpos en todas partes, llovía ceniza.

*

Amy tropezó con la alfombra, la pared detuvo su caída. Corrió entre los muebles. Era un ratón. El espacio se distorsionaba alrededor. Me golpeé la cabeza, decía, pasando su mano sobre la nuca. No había sangre. En sus fotografías, sus padres eran enormes. Niuniu estaba allí, la podía escuchar, aunque no la viera. Ronroneaba en los ductos de aire acondicionado del edificio. Lo que más quería Amy era estar en su cama con su gatita, las dos a punto de quedarse dormidas. Pero no, ahora no. Si veo a Niuniu me comería. Tenía que salir de allí. Bajar cien pisos a la calle. La lengua rosada lamía el pelaje. Amy la extrañaba tanto. El humo en los ojos le hacía llorar.

*

Las puertas se abrían y se cerraban sobre los descansos de las escaleras. La llave de Amy entraba sin tropiezo en los mecanismos de las cerraduras. Saldremos de aquí, se decía a sí misma, y hablaba con sus padres que estaban muertos. Siguió su instinto. Bajó la escalera. Quizá encontraría a Niuniu más adelante.

Los rebaños de muebles empujaban, se apelotonaban. Invadían el cubo de la escalera. Sus miembros de madera crecían como serpientes largas. Los obstáculos se acumulaban también en la escalera. Zapatos y portafolios, pantallas y discos duros, computadoras. Una silla huía a grandes zancadas. Había un mar de lágrimas alrededor. Los libros caían, flotaban lejos de sus libreros, volaban, aunque las palabras no vuelan y ya ni decían nada sus hojas.

*

Tantas veces, pensó Amy al bajar, subí sola a la terraza de observación antes de firmar el divorcio. Tantas veces miré hacia el horizonte y luego hacia la banqueta cien pisos abajo. Allí estaba, tan cerca, la muerte. No es que la intuyera, como la intuyo ahora, sino que era el aire mismo que respiraba. Balanceaba mi cuerpo hacia la orilla, cada vez más cerca. Hubiera sido tan fácil. No encontraba ni una estrella en el cielo. ¿En dónde quedó mi alegría?

*

El aroma llegó por la hendidura bajo la puerta. La llave giró en la cerradura. Amy la empujó suavemente hasta asomarse. Las naranjas pequeñas en el árbol resistían al embate del frío. Los árboles estaban cubiertos con mantas, parecían fantasmas. El sol navegaba sobre las hojas sin calentarlas. En un cesto en el suelo quedaba la fruta blanca. Las ollas hervían en la estufa de leña, las semillas soltaban su pectina. La mermelada espesaba. La madre de Amy enjuagaba montones de frutas. Su abuela añadía el chile, el ajo, el aceite de ajonjolí, el jengibre, la pasta de tamarindo. Eran grandes cucharones de madera con gestos medidos. Se mezclaban los aromas al recuerdo. También olía a té.

*

Luego fue Waco, una puerta tras de otra. Era una casa en Texas, con un jardín pegado a la autopista. Los padres de Amy transportaban cajas de madera llenas de frascos en la cajuela de su automóvil, como lo habían hecho en China con la bicicleta. Vendían de casa en casa, de puerta en puerta. Trabajaban hasta la noche como si cosecharan hojas de té. Ahora no cultivaban como antes. Guardaban los billetes que ganaban escondidos bajo el colchón. Vivían como pobres. Construían paredes con sus secretos que luego tapiaban. Eran apenas un poco más que pobres. No perdían la esperanza de salir de China vía Hong Kong, de emigrar. Amy balanceaba su peso sobre una cuerda floja, sola en su cuarto, con un libro de inglés en las manos. *Mother,* decía, *father, don't die.*

*

Las semillas del árbol de naranja migraron con ellos. Llegaron a escondidas en un calcetín de la abuela. Pasaron por la frontera sin ser detectadas. Amy y sus padres no hablaron chino. Bajaron la mirada frente a los oficiales de Migración. Iban cargados de secretos. Sembrarían las semillas de naranjo en Waco tan pronto como llegaran. El aire olía a seco, a metal. Nada les recordaba sus sueños en las montañas. Los árboles de kumquat crecían a orillas de la autopista, cerca de las fábricas de tabaco y de armas, como lo habían hecho en China. Dieron fruta abundante a pesar de las diferencias. Una fruta pequeña y naranja, amarga.

*

Patrick, en cambio, rara vez tuvo que adaptarse a nada. Vivió hasta los veinte años en la misma ciudad en que nació, en la misma casa. Se mudó una sola vez, a un dormitorio en la universidad. Cada vez que salía de vacaciones, volvía con su familia. Ni siquiera se podía decir que hubiera viajado fuera del tiempo cíclico en que habitaba, excepto en esa ocasión en que fue con un amigo a Acapulco. Tenía diecinueve años y una licencia falsa que nunca utilizó porque en México no la pedían para consumir cerveza. Su fotografía se había quedado en el cajón del escritorio. La sonrisa frente al edificio del MIT se hizo cenizas. Las golondrinas, atrás de él, escaparían con las chispas mientras el césped de la universidad se quemó.

Amy lo extrañaría hasta dolerle el cuerpo. No podía salir de su cama. ¿Qué hice?, se preguntaba. Su castillo de arena se había desmoronado sin que entendiera cómo fue que sucedió su derrumbe. Nada, pensó, nada queda en pie. Con la mano aferrada al barandal, bajó la escalera entre rebaños de muebles.

*

Patrick encontró a la golondrina en el jardín de la universidad. Era un césped perfecto que olía a humedad aun en verano. Estaba enamorado y no esperaba el desconsuelo que sintió al encontrar al pájaro entre los arbustos; tenía un ala rota. Se había estrellado contra el ventanal. Era primavera y estaban tan limpios los cristales que dejaban de existir a simple vista. Patrick guardó la golondrina en su chamarra, cerca del calor de su cuerpo. Sintió cómo le latía el corazón, de prisa. Iba a cuidar de ella. No era justo que algo tan bello estuviera tan triste. Esto no puede pasar. Miró hacia el cielo. Había cientos de aves sobre su cabeza. Las podía escuchar en el aire. Cada año, en abril, volvían a anidar cerca del campus.

Patrick preparó una caja de zapatos cerca de la calefacción. Rompió tiras de camisa y forró el fondo de la caja con ellas. Alimentó al ave con una cuchara de plástico pequeña. Acariciaba sus plumas con un dedo, delicado, casi maternal. No se cansaba de mirarla y ella lo miraba de vuelta. Había días en que Patrick hubiera jurado que la golondrina entendía lo que le decía. Le contestaba o al menos eso pensó. En la tristeza de sus ojos se reflejaba la suya. Empezó a identificarse con sus miedos. Algún día, él podía estrellarse también contra un ventanal. No había ninguna garantía de que no le sucediera a él o a alguna persona cercana.

Desde pequeño, Patrick sabía que él era fuerte, que estaba ahí para sostener a su familia, a su hermana. Cuando se enfermó de adolescente, allí estuvo para ella. Su madre desconsolada lo necesitó cuando finalmente murió su hija en el hospital. Fueron meses de agonía. ¿Dónde quedó su alegría? Soy tan frágil. Rara vez intuía el final.

*

Fue por esos días, apenas cruzando la puerta de cristal de la cocina, que Amy le habló a Patrick de su oferta de trabajo. Era una gran oportunidad, pero tendría que mudarse a Nueva York. Su cuerpo crecía al hablar, se hacía más bella, más grande, más luminosa. Se parecía cada vez más a un edificio hecho de arena. Se miraban a los ojos. Patrick podía leer la tristeza en sus ojos a pesar de la emoción. También entendió el miedo de su golondrina. Era otro traslado, otro viaje, otra mudanza, una realidad que dejaría atrás.

Casi para evitar que su cuerpo se desmoronara, Patrick tomó la mano de Amy. La tenía que proteger. Te acompaño, dijo. Sólo tengo una condición. Se arrepintió al instante de haber usado esa palabra. Quiero que nos casemos, dijo. Amy no cabía en sí misma, su cuerpo crecía más allá de la habitación, del campus, de la ciudad.

*

En su primer día de trabajo en esa Babel, Amy dejó el portafolio junto a la puerta y se acercó al ventanal. El logo de la empresa estaba biselado en el cristal, los arcoíris escapaban sobre las paredes. La vista de la ciudad era espectacular. Es la cima del mundo. Así lo recordaría cada vez que subiera a la terraza de observación. El universo quedaba a sus pies. Si tan sólo mis padres me vieran. Su cuerpo había crecido hasta hacerse uno con el rascacielos.

A lo lejos, más allá de la ciudad, casi sobre la línea del horizonte, se alcanzaba a ver el pueblo de Utopía. Con la imaginación era posible adivinar el parque, la biblioteca, la estación de bomberos, el correo, una escuela primaria con un patio y una resbaladilla a un lado. Allí estaba su casa también. Quizá Patrick estaría en la cocina. Quizá estaría preparando el almuerzo y pensando en ella.

*

El viento silbó. Era un aire como una marea que sube. Amy siguió agarrada del barandal. Un sonido metálico corría por los ductos de aire acondicionado, era un tren llegando a su estación. Los pasajeros se bajaban al mismo tiempo al abrirse las puertas, llenaban la escalera de brazos y piernas y torsos y gritos. La estructura metálica tembló. Crujían los huesos de un dinosaurio en extinción.

*

La golondrina murió unas semanas después. Patrick estaba seguro de que iba a vivir. Se veía tan fuerte. Su mirada le daba a entender que quería vivir. Cada día se alimentaba mejor. Las heridas habían sanado. Sus plumas tenían el lustre de las aves en vuelo.

Patrick miró la caja de zapatos. Era como si hubiera muerto allí dentro él también. Luego, pensó, fue como si Amy hubiera muerto.

El mundo estaba hecho de arena, no había duda. Acechaban trampas en las que uno caía, sin lograr evitarlas. Patrick se llevó la mano a la frente. Dios sabe que nadie se puede salvar. Se sentó en el borde de su cama y se identificó con una grieta en la pared. Así somos todos.

Esa tarde, Patrick retiró su solicitud de beca al programa de doctorado de la universidad. Sólo quiero estar contigo, dijo en voz baja. La vida es corta. Iría con ella a Nueva York. Comprarían una casa con un préstamo del banco, tendrían una familia, un trabajo sencillo. Patrick quería cuidar de su golondrina. Tomó su decisión sin pensar, sin escuchar a la estructura de un edificio que cruje. Quizás eran sólo sueños, sólo su corazón que se rompía.

Una larga historia

El té quedó servido en alguna parte inaccesible de la memoria. La mancha de labial en la taza resbalaba hasta la cabeza del fénix en la porcelana. Las plumas empezaron a resplandecer. Babel ardía a mil grados centígrados.

*

La abuela de Amy contaba su historia. Su voz también perduraba en la memoria de otros. Se escuchaba ahora en los pasillos del edificio. Nadie entendía su dialecto. Palabras y pausas, una cacofonía de sonidos. Las hojas de té son del color de la tortuga en el estanque. Los dedos arrugados separan las hojas en pequeños montones sobre las mantas de la mesa. Había árboles a pérdida de vista.

Esperaban la luna y salían a cosechar. Caminaban sin prisa con los hombros encorvados y las sombras delante. Veían mejor de noche que de día. Subían a la montaña, recogían las hojas en silencio. Los ancianos eran los que mejor veían sin sus ojos, sentían el camino con el cuerpo. Las cigarras dormían. Lo verde parecía blanco. Juntaban el té en los cestos atados a sus espaldas, trabajaban hasta el amanecer cuando se escuchaba el canto de los ruiseñores en el follaje. Sus manos sonaban como serpientes en los arbustos. A veces los ancianos se buscaban tras la neblina. Sus voces se encontraban como en sueños. Sus cuerpos olían a bosque.

Las hojas tardaban años en fermentar. De una taza emanaba el aroma perfecto. Amy cerró la puerta. Volvió a la escalera. La voz de su abuela se matizó.

*

El edificio ardía, los telescopios cerraron sus ojos sobre lo infinito.

*

Amy siguió creciendo, los cambios en su cuerpo le producían sofocos. ¿Qué soy? Se pasaba abriendo y cerrando puertas. Olvidó las palabras que quiso decir y dijo lo que no tenía intenciones de expresar. Pero allí estaba todo, tras esas puertas. ¿Waco está en Chāo'ān? o ¿Cháozhōu quedaba en Texas? Su mundo se derrumbaba en su interior, historias y lenguas y vidas, la voz de su abuela era un crepitar en los pasillos. Los idiomas morían con sus pueblos. ¿Qué tanto hubiera podido contar si lo recordara todo?

*

Abrió otra puerta. La enredadera había invadido su casa en Waco. Primero fueron los muros de colindancia, luego las terrazas, la entrada de atrás, el tragaluz y finalmente la ventana de la cocina. El recuerdo también desaparecía en el follaje. Desde la autopista se alcanzaba a ver la mancha de hojas en la monotonía del suburbio. Eran una hilera de viviendas grises donde había brotado una enredadera sin elegancia. Lo verde de su casa sorprendía entre el cemento. Amy dio un paso al interior del recuerdo. El perfume de las magnolias atrapaba.

Clavaron el letrero de bienes raíces frente a la enredadera. "Se vende", decía, con el número telefónico abajo. La ausencia empezaba a crecer. Amy no pudo volver a Waco. Hay agencias que hacen eso, le había sugerido Patrick, tras la muerte de su abuela. Hablaba con Amy como con una golondrina. Son agencias que desmantelan casas. Eran agencias que vendían lo que quedaba de una persona y enviaban a cambio un cheque por correo.

La carga de trabajo en la universidad la había consumido. Amy se había obsesionado con sus estudios. Más vale seguir adelante que morir de tristeza.

Un árbol sin raíces es sólo leña. La enredadera en su casa amenazaba con invadirla también. Le entristecía mirar en su interior.

Así llegaron las cenizas, por mensajería, envueltas en papel burbuja en una pequeña urna con adornos de metal. Amy la sujetó largo rato antes de acabar de entender lo que estaba adentro. Ahora le parecía que las cenizas de su abuela llovían sobre Babel.

*

Amy abrazó sus fotografías. Se pegó al muro para dejar pasar a la marabunta humana. Sus padres eran insignificantes en el paisaje que se extendía tras de ellos. El pueblo se adivinaba lejos. Las plantaciones de té, las terrazas de cultivo, las montañas se volvían cada vez más azules, menos sólidas, hacia la distancia. La neblina se levantaba como un vapor sobre la taza de té. Fue poco antes de migrar, esa foto. Su abuela miraba desde el marco. ¿Dónde quedó tu dolor? El dedo de Amy se detuvo sobre su corazón.

*

La foto de Patrick se quemó, prensada entre dos cristales. El edificio del MIT, sus jardines, sus hileras de columnas. Se quemaron los hombros anchos de Patrick y su sonrisa. Después de firmar el divorcio, Amy lo había guardado en el cajón. No se animó a tirarlo a la basura. Ahora el fuego había consumido el escritorio, las cenizas se pegaban a las mejillas.

Las palabras de un sabio decían que estamos hechos de tiempo. Fluimos. Nos vamos al mar al morir.

*

Ella era la sensación de la seda. El velo de novia se arrugaba al bajar sobre los escalones. En las yemas de sus dedos, junto a sus fotografías, Amy sentía la textura. Era un vestido y un tul que pesaban. La tela olía a quemado. Era un olor que dolía.

*

Patrick la conoció en un pasillo bajo una escalera. Amy se escondía del mundo. Coincidieron en sus clases de comercio y de finanzas. A fuerza de verse, se hablaron. A fuerza de hablarse, se buscaron. Después de buscarse, se gustaron. No había otra persona en el mundo para él. Parecía una niña entre los libros amontonados sobre el escritorio de la biblioteca, pequeña y delgada, su cabello negro, lustroso. Patrick la quiso cuidar.

Abandonó sus estudios por ella. No hablaba mucho, pero le sonreía siempre. Buscaron un departamento en Brooklyn. Construyeron un nido en Utopía.

Encontraron algo pequeño, tranquilo, con más sol en el baño que en cualquier otro cuarto. El nombre del pueblo era perfecto.

Por las tardes, Patrick la esperaba en su parada del camión. Caminaban de vuelta a casa, tomados de la mano. Paseaban juntos cerca del parque para niños, donde los perros y las pelotas corrían. ¿Te das cuenta de que nadie camina en las calles?, le preguntaba Patrick, asombrado. Aquí nadie camina. Los coches pitan en la autopista atascada. Nuestros hijos van a nacer con ruedas en los pies. Amy no miraba a los niños en las resbaladillas. Nunca se fijaba en los areneros.

Tras la puerta de su memoria, Amy lo vio de nuevo. Patrick quería un perro, desesperadamente quería un hogar. Visitaba a sus padres cada vez que tenía vacaciones. Abrazaba a sus sobrinos, sentados sobre sus rodillas, les leía cuentos. Miraban el béisbol en la televisión. Preparaba asados sobre la parrilla, hamburguesas y papas rellenas, col agria y pepinillos. Nunca demasiada sal y rara vez pimienta. El humo ondulaba sobre el césped antes de dispersarse en la brisa, al atardecer.

*

La oficina de Amy estaba lejos. Tomaba un camión, se subía al tren urbano, llegaba en metro y luego seguía a pie. Cruzaba la ciudad hasta el centro comercial subterráneo. Subía la escalera mecánica al elevador central y luego tomaba otro elevador más pequeño. Su oficina estaba en la cima del mundo. La ciudad quedaba a sus pies. La vista era intoxicante. Si mis papás me vieran…, decía por las mañanas, mientras marcaba su labial salmón sobre la taza de té. Miraba las fotos en su escritorio. Lo logramos. Su triunfo estaba lleno de tristeza. Las fotos también guardaban silencio.

*

Al otro lado del Hudson estaba Utopía. Allí trabajaba Patrick frente a un escritorio de madera de segunda mano, sin un solo escalón que subir en toda la oficina. Recibía a sus clientes hasta las cinco de la tarde, cerraba la puerta con llave al salir. Patrick les sonreía cuando se los encontraba en el estacionamiento, en el supermercado o con sus hijos en el parque. Los clientes le sonreían de vuelta.

*

En la terraza de observación, desde la cima del mundo, Patrick le decía que era una broma. Es lo más absurdo del mundo, ¿no crees? Juraba tener la profesión más aburrida y la más segura, reía. ¿Quién puede estar más seguro que nosotros, Amy? Él también vendía seguros. Amy pasaba el dedo sobre la escarcha en su copa. Bebía su margarita mientras miraba el sol ponerse en Utopía. Corría la lengua sobre la boca de cristal, la sal y la azúcar se mezclaban. Patrick bebía en silencio. Quería un perro, desesperadamente quería un hogar. Pero empezaba a ver claramente las grietas en su edificio. Nada, decía él, nos hace falta. Recordó a su golondrina en la caja de cartón. Con el telescopio encontraba la luz apagada tras las cortinas. Encontraba un espacio vacío en su pecho.

*

La bola de acero golpeaba el castillo. La duda invadió su casa hasta cubrirla de follaje. Patrick dejó de contestar las llamadas de Amy. Estoy en el trabajo, le decía ella al contestador cuando hablaba para dejar un mensaje. Patrick apoyaba la cabeza junto a la computadora y lloraba desconsolado. Cerraba los ojos sin entender. Dejó de esperarla en la parada del camión de Utopía. Ya no paseaba en el parque para niños. Le dolía mirar a los perros caminar con sus familias. Hacía tiempo que ella había dejado de buscarlo también. Patrick no supo sobre el aborto.

*

Los teléfonos sonaron en las oficinas. Amy bajó la escalera. Era un llamado insistente como de campanas en domingo. No quedaba nadie que contestara. Eran ríos de confusión en la escalera. Un olor a quemado bajaba con ellos. Se había ido la luz en todos los pisos. Las linternas tropezaban con las arrugas en los escalones. A las ocho y media de la mañana, pensó Amy, parecía media noche.

Afuera, el mundo sabía. Lo habían visto en las pantallas de sus televisores, lo habían escuchado en la radio. Una y otra vez, el avión se estrellaba contra el edificio. Las llamas explotaban hacia arriba, hacia la gente que moría otra vez.

*

En todos los idiomas del mundo y en todo el planeta, la agencia informativa internacional advirtió que un avión Boeing 767 de la compañía American Airlines, con noventa y dos personas a bordo, se había estrellado contra Babel. Un accidente, dijo primero. Luego describieron el terror.

El mundo presenció el colapso mientras se preparaba una taza de té por la mañana. La cuchara añadía la azúcar a la realidad.

*

Amy siguió bajando. Giraba alrededor de un eje de escalones y descansos. Apenas recuperaba el aliento y volvía a su tamaño normal. Sus pies cupieron de nuevo sobre los peldaños, su cabeza ya no chocaba con el techo. Atrás quedó el centro chino, las oficinas de hiperciencias, la bolsa de valores, las oficinas de noticias deportivas.

En los pisos más altos, los náufragos se quemaban en el caudal de llamas. El casco del edificio se ahogaba en su propio humo. Las parejas se tomaban de la mano, subidos al barandal. No miraron abajo al saltar.

*

En un descanso, un hombre de saco gris miraba su Rolex. Amy lo notó al pasar. Su cabello estaba alborotado, polvoso, parecía cano, aunque era joven, una persona detenida en el tiempo. Había perdido un guante al huir. No se puede, decía. Quería seguir adelante, pero quería su guante. Disculpe, decía, al quitar los muebles de su camino. Cargó el tiempo en su bolsillo, como la medida que daba el orden a su mundo. Subía los escalones de dos en dos.

La escalera daba vuelta y desaparecía. A Amy le pareció por momentos que subía, en vez de bajar, o retrocedía. Pero al final, se adivinaba la luz. Era un tren que venía de frente. Se colapsaban los prismas de sus faros y se expandían sus colores en los pasillos. Dolía respirar tanto polvo. Dolía esperar allí el choque sin poder hacer nada para detenerlo.

El hombre del reloj subió, su linterna en mano. Se cruzó otra vez con Amy en otro descanso y, por un instante, se miraron sin entender por qué se parecían tanto.

*

Había otra escalera junto a ellos, estaba delimitada por lo sólido de la pared. Eran escalones y descansos de sombra donde se abrían más puertas, daban acceso a momentos olvidados. Los rebaños de sillas se juntaban en esos umbrales paralelos, mugían. Eran sombras en una caverna, cabezas monstruosas, versiones distorsionadas de la realidad. Sus cuerpos se atoraban, luego volvían a moverse hacia adelante. Eran pinturas rupestres en movimiento, pintadas en ocre y negro por dedos sin brochas, eclipses sobre los muros de la memoria.

*

La llave abrió otra puerta. Los muebles bajaban en hileras. Amy dio un paso atrás, la puerta se cerraba de par en par a sus espaldas. Sus brazos se alargaron hacia las paredes, cortaron el paso a los muebles. Soy un cuello de botella o una botella sin cuello. Ni siquiera las engrapadoras podían escabullirse como lagartijas sobre los muros para rebasarla. Apenas lograban pasar entre su cara y la pared. Ni Niuniu hubiera podido pasar. Extrañó a su gatita. Sonreía de perfil, sentada en un rayo de sol, ronroneaba. Su sonrisa se mecía en la memoria.

*

De nuevo, Amy crecía. Apenas lograba avanzar en cuclillas por los pasillos. Sus brazos habían salido por las rendijas de ventilación. Sus pies pisaban varios escalones a la vez. Fue un martirio el divorcio, tan repentino cuando al fin sucedió. Por momentos, el dolor le hacía olvidar el edificio que ardía. Las grietas se habían revelado en la estructura de su castillo de arena. La bola de demolición había golpeado. Ahora Amy no cabía en su realidad. Caminaba a gatas. Aplastaba muebles al azar. Un sillón se rompió como un suspiro.

La impotencia es una casa vacía. La mudanza de Patrick la dejó hueca. El dolor es una voz, algo que habla cuando no queda nadie que escuche.

*

Allí estaba el recuerdo, debajo de la escalera. Si la puerta del corredor no se hubiera abierto, si no hubiera existido esa puerta, si Patrick hubiera tenido que cambiar de rumbo o ella hubiera decidido marcharse más pronto, la historia hubiera sido otra. O no hubiera habido historia. Fue una serie infinita de coincidencias que llevaron al momento presente. La multitud anegaba los corredores como ahora lo hacían los muebles. Amy miró a Patrick, sorprendida. ¿Quién lo hubiera creído? Con tan sólo existir, lo que podemos llegar a ser.

*

Unos años después, su edificio se colapsaba. Lo más doloroso fue encontrar las cajas apiladas contra la puerta de Utopía. "Patrick Stoll", decían, con plumón indeleble. Cincuenta y seis cajas de cartón en total. La mudanza las recogió sin que él llegara. Patrick las había empacado sin que Amy estuviera allí. Más vale, había dicho. Duele menos. Los zapatos estaban en bolsas de plástico. El termo para el café en una caja con las sartenes y los tarros, los cubiertos. Las toallas azules llenaban otra caja. Las raquetas de tenis, los patines de hielo, las cosas de *hockey.* Las fotos de graduación en las que Amy posaba, abrazada a él, con sus túnicas negras los dos, tan contentos. Se veían tan jóvenes en la graduación. Era difícil creerlo. Tantas fisuras en un edificio, tantas vigas caídas. Las cosas que nos guardamos. La vida, pensó Amy, se nos fue de las manos.

Se había sentado sola en el suelo. Estuvo mucho tiempo así, sin moverse. Las voces de sus hijos sin nacer revoloteaban alrededor y adentro de su vientre. Algunas estaban en las cajas también, golondrinas muertas en las cajas de cartón.

La saliva le supo amarga. El mundo de nuevo se colapsa. Estoy vacía en una casa sin gente. Sus recuerdos eran largos, como una tela de tul que no acababa. Una seda, un vestido sobre un maniquí sin cabeza.

Las cortinas dejaron de moverse sobre sus recuerdos. Detrás del cristal, cerca de las mariposas muertas del marco de la ventana, las ramas de los arces se despojaban de sus hojas. El viento las sacudía.

Las voces de los bebés sin nacer se escuchaban en la casa vacía. Revoloteaban en su boca, junto a su voz, se hundían en su cabeza, se salían de su vientre al jardín y se iban a la nada con las hojas. Las sombras gateaban sobre las paredes. Las golondrinas migraban.

*

Amy durmió junto a su pesadilla en el suelo. Dolía menos la vida con las duelas de madera pegadas a la cara. Sacaba su bolsa de dormir del armario, la acomodaba junto a la cama. De repente sentía que dejaba de respirar. Se buscaba a sí misma sin encontrarse. Daba vueltas sin lograr descansar. Amy se había hecho tan pequeña que cabía en un dedal, entre las grietas del suelo, junto al polvo, incrustada. Miraba la vida pasar sin atreverse a tocarla.

Iba a la oficina, en la cima de su Babel. Se confundía entre los idiomas de los elevadores. Tomaba el camión, el metro y caminaba de vuelta a lo que había sido su hogar; era ahora un desierto. Ni cuando sus padres murieron había llorado tanto. Ni con su abuela. Nunca imaginó que sería posible llorar así.

*

Empezó a llover por esos días. Era un diluvio que no paraba. Las calles se inundaron y con la lluvia llegaron los avisos por la radio. No salir de casa, advertían. Protegerse. La carretera estaba inundada. El agua se filtraba en el sótano de las casas. Peligro de muerte.

Pero Amy hizo caso omiso y siguió yendo a trabajar. Su realidad se había alejado de la solidez que había otorgado a sus castillos de arena. La gente flotaba alrededor, abrazada a sus miedos. Las cosas se acumulaban en los cauces erráticos de los ríos.

Fue por esos días que Niuniu se refugió en el vestíbulo de su casa. No corrió cuando Amy se acercó. Su pelaje estaba sucio, lleno de lodo. Estaba aterrada, pero cuando la vio acercarse, ronroneó y se dejó cargar. De perfil, su sonrisa era enorme.

*

Patrick fue papá antes de que el divorcio fuera oficial.

*

Los ojos se le llenaron de humo. El eco de sus pasos replicaba su descenso en un espejo sonoro. Los muebles galopaban, algunos caían de rodillas o se doblaban de miedo ante la estampida. Un sillón de *velour* chocó contra sus piernas. Disculpe, decía al avanzar. Algunos llevaban cajones abiertos y papeles desordenados. Los más pequeños iban lento, confundidos. Se los sentía perdidos, sin dueño, entre la confusión.

Los libros escapaban como podían. Revoloteaban fuera de sus repisas, sus portadas y contraportadas extendidas, los lomos erguidos, las tripas erizadas al volar.

Por momentos, Amy olvidaba que estaba rodeada de personas. Los pasos eran voces. Vamos, tenemos que salir de aquí. Se escuchaba el correr de un lenguaje común.

*

Amy había inventado otro idioma, uno que ella sola entendía. Se lo llevaba consigo entre sueños. Quizá era un dialecto construido por su abuela al migrar y aprendido por sus padres y por ella también, de niña. Era una lengua muerta entre las ruinas de su vida, algo que seguía latente, sin embargo, en su interior.

Ya te lo dije, se decía, y luego dejaba de hablar. Una vela se extingue. Sus sueños se habían ido con el amanecer, sólo quedaba esa sensación vaga de un desvelo. Manos sin cuerpo y sonrisas sin gato. Un idioma. Algo que se desmorona antes de llegar a tocar los labios. Ya te lo dije, pero no escuchas.

*

Los reflejos sobre las terrazas de cultivo eran cada vez más lejanos. Sólo quedaba la sensación de la seda, los botones en forma de perla. Las palabras que sólo ella conocía. Algo tibio al tacto. Un lenguaje en la lengua que sabe a sal.

*

Amy se escuchó hablar a sí misma entre las voces de la escalera. Recordaba el puntear del día aquella mañana, hace unas horas apenas. El mundo había parecido tan vasto junto a la luz blanca, casi irreal. Prometía. Con la memoria como un telescopio, Amy se observó a sí misma. A veces no quedaba ni una referencia al horizonte alrededor. El sentido de la vida se extingue.

La mariposa aconseja

Cuando Patrick se fue, Amy imaginó la soga. Ella estaba colgada o se balanceaba. Un zapato había caído al suelo, el otro seguía en su pie. Le costaba trabajo respirar, con esa idea metida en la cabeza. Los vacíos se llenaban de más vacío hasta no dejar lugar a duda de que el caos reinaba. La realidad se apagaba como una vela.

Sólo le quedaron fuerzas para permanecer bajo la cama, con Niuniu entre sus brazos, sin soñar. No quería verse al final de una soga, sin zapato. Había tenido tantas ganas de morir cuando sus padres murieron. Pero el pez no puede dejar de ser pez, aun cuando está fuera del mar.

*

Abrió la puerta y se alejó del cubo de las escaleras. La sensación de amplitud después de estar tanto tiempo encerrada le dio un escalofrío. Era el océano. Se había zafado del cardumen y deambulaba en los pasillos vacíos. La verdad es que no quería morir. Toda su vida había peleado con la ausencia. Su abuelo, su país, sus padres, su abuela. Y ahora Patrick. Y ahora esto.

Fue extraño escuchar el flujo de voces bajar por la escalera en el alma del edificio. Los letreros de neón estaban apagados en las paredes. Eran tazas gigantes. Había algunas mesas y sillas pastando, tranquilas. Los muros pintados imitaban un bosque de niebla. Faisanes y grullas, venados, flores de ciruelo, *ginkgo bilobas* decoraban las paredes y el techo. La cima de una montaña escapaba de las copas de un bosque de bambú. Los candiles se mecían con el edificio. Se percibía un olor muy tenue a quemado. Pero los rebaños de sillas mugían, plácidos. Manadas de escritorios migraban sin prisa hacia los elevadores. Avanzaban sin detenerse.

Cuántas cosas extrañas esta mañana, pensó Amy. Se recargó de un árbol pintado en la pared. El tiempo había dejado de importar.

*

Amy se sobresaltó. Había escuchado una voz a su espalda. No era la voz de un niño sin nacer. Era aguda, como el canto de un grillo. Pero no había grillos allí. El piso estaba desierto. Tal vez era Amelia, su compañera de trabajo, tal vez no había muerto. ¿Quién eres?, preguntó Amy. Buscó por el suelo, entre las mesas que avanzaban en fila hacia la salida, sobre las sillas plegadas que caminaban a dos patas como personas, entre el minibar, las vitrinas. La voz insistía y Amy también le preguntó de vuelta que quién era y dónde estaba. Entonces se vieron. La mariposa azul era magnífica, detenida sobre el tapiz de la pared. La mariposa había muerto en el marco de su ventana, después de que Patrick se fue. Pero estas mariposas movían sus antenas al levantar la voz. No era una, eran muchas, quizá miles de mariposas azules. Amy hubiera querido tocarlas. Como seda sobre el cuerpo. Se movían lentamente, con un sonido tenue. Se cerraban y se abrían sus alas, que eran de color café al cerrarse. Se abrían y parecían cobalto, con venas azules de un tono de cielo brillante. Amy las había confundido con la voz de una persona. ¿Qué eres?, preguntaban juntas. Las voces eran dulces, trenzadas y temblorosas, un tapiz sobre el papel de la pared.

Amy se animó por fin a contestar. No sé, no tengo idea de qué soy. Cuando desperté esta mañana, lo sabía. Pero ahora no sé. Estoy confundida. Ni siquiera sé si soy alguien o si más bien dejé de ser algo hace mucho tiempo.

Las mariposas cerraban las alas. ¿No sabes?, rieron. Amy notó que algunas tenían marcas naranjas y negras, con dos números ocho al reverso, “88”. Infinitas, pensó Amy. Aleteaban suave entre sus compañeras cobalto. Flotaban en la misma pintura del tapiz como sobre ruinas en un bosque de niebla.

*

Poco a poco, Amy se fue convirtiendo en una larva. Sobre su cuerpo crecía una pupa que la abrazaba en su seda. Los botones en forma de perla encerraban su cuerpo, lo apretaban, eran lazos sobre su cuello, el vestido de novia. Sus alas ásperas envolvían su torso. Era una camisa de fuerza, un velo apretado sobre la piel. Quedó paralizada sobre la arena, Amy miraba el océano retroceder. El oxígeno le empezaba a faltar.

*

Las mariposas reían, las garzas volaban sobre un río amarillo que corría sin ruido hacia el horizonte, lo tocaban, lo rebasaban. Las terrazas de cultivo subían por las laderas de la montaña. Allá también había arrozales como espejos del cielo y árboles de té. En todas partes había té. El pueblo del fénix ardía en el sol de la tarde. Se sentía el recuerdo, su textura de papel de arroz y la tinta china que corría entre las montañas.

*

Mi madre contaba canciones, cantaba sus cuentos. Ahora la escuchaba con claridad, entre las mariposas y el flujo de voces que bajan por el cubo de la escalera. Se la oía lejana. Cada canción era una historia. Te escucho, le decía Amy. Su madre era fuerte como el bambú. Miraba las nubes en el cielo entre la ropa tendida en el balcón, afuera de la casona de campo en que habían vivido. Los cuartos miraban sobre un patio, las carpas nadaban en una fuente. La voz detenía el tiempo, sus palabras jugaban con él. La ropa tapaba el sol, la humedad escurría. La tierra se iba con el agua y con el olor a mojado. Toda la ropa era de color verde oliva, incluso la de Amy, que entonces tenía cinco años. Las cosas cambiaban, las cosas siempre cambian. Las nubes. Amy observó a otros niños, sin jugar con ellos. Apretaba bolitas de arroz entre los dedos, sentada a orillas de su terraza, cerca del horizonte. Su madre cantaba.

En su mente y sobre las yemas de sus dedos, corría la sensación de una tela, el recuerdo de un río, las voces ancestrales. Todo era tan lento en aquel sitio. Recogían el té de mañana, lo respiraban. Eran árboles muy altos, de los primeros que fueron plantados por el ser humano. Su abuela le decía, lo hacemos por ti, pequeña ave fénix, para que nazcas de nuestras cenizas, para que volvamos a ser. El hombre sabio dijo alguna vez que la persona que teme sufrir sufre de antemano por lo que siente.

El té *pû'ěr* olía a montaña. El peso de sus hojas torcidas encorvaba la espalda y endurecía los dedos de los que guardaban sus secretos. Los recuerdos se volvían nítidos en la memoria de Amy. Mi pequeña ave fénix, decía su abuelo. Sólo quedaban sus voces atrapadas, el aroma sobre la taza. Una burbuja en el ámbar. Se escuchaba el viento en las paredes. Se movían los árboles en las terrazas. Los rayos de sol caminaban por los pasillos, se rompían y salpicaban su voz al plafón. Tantos mundos. El edificio gemía con ella.

Amy negó con la cabeza. Quiero vivir, pensó. Es algo en mí que cada vez reclama con mayor fuerza. Amy se hacía grande, su dolor crecía con ella.

*

Se alejó de las mariposas y volvió a bajar por la escalera. Sus manos temblaron sobre sus fotos. No las soltaba. Eran hojas de árbol de té entre sus manos, secretos. Los cuerpos de sus padres se doblaban hacia adelante. Amy crecía. Pronto iba a ser más alta que este edificio de nuevo. Alcanzar a ver el horizonte, la costa del Pacífico, los arrecifes y la suave curva del continente al abrazar el Golfo. Incluso las olas y la espuma en el mar se veían. La Tierra era una esfera contenida en sí misma y el sol se reflejaba en sus lagos. Quiero vivir, decía, quiero vivir.

*

Un aroma a bebé la tomó por sorpresa. Fue un escalofrío. Durante un instante, Amy se sintió atrapada en su cuerpo. Sus brazos no eran suyos, su piel, su tamaño.

La llave abría las puertas de su percepción. Eran breves espacios sin tiempo donde las nubes y el gas daban a luz cúmulos de astros. Las partículas gravitaban en la nebulosa. El sonido revelaba el silencio, sin que hubiera testigo que lo presenciara. Una mariposa dormitaba en su pupa infinita. La golondrina seguía su vuelo hacia el cristal. Aún no empezaba la migración en invierno.

*

Cien pisos abajo, la banqueta estaba cuarteada. Se sintió el edificio moverse sobre su eje de nuevo. Los sillones en la escalera corrieron más de prisa. Se pisaban los talones. Las patas chocaban entre sí. Un pastor australiano guiaba al rebaño. Por momentos, el perro se perdía en lo mullido de un sillón.

En el piso sesenta y ocho se sentía el tráfico de Nueva York. Amy tropezó con otra arruga en la alfombra, cayó y se levantó. El perro ladraba a sus talones, mordía las patas de madera. La estampida se acercaba, los rebasaba. Iba sumida en un caudal de pensamientos. Luego, una tranquilidad inexplicable se hacía presente y se escuchaba hablar con claridad a una sola persona. No siento nada, decía un hombre. Debería sentir miedo o rabia o culpa. Pero no siento nada. Se quitó el anillo que llevaba en el dedo y lo arrojó hacia el agujero junto al cubo de las escaleras. Otro hombre miraba delante de él y rezaba.

Amy se aferró al barandal. No importaba perderse en el universo, sino saber que estaba perdida. Apretó sus fotos contra su pecho.

*

En esa Babel se escuchaban las voces de los muertos. Hablaban en idiomas que nadie entendía. Eran balbuceos. Desbordaban hasta la calle. Eran ríos de historias vivas, aunque ellos ya habían muerto. Se escuchaban sus risas también y su música. Música en todas partes y ritmo y canto. Silencio.

*

Dieciocho minutos después del primer choque, el segundo avión impactó contra Babel.

Las golondrinas, lentamente, dejaron de moverse sobre el cartón hasta que sus cuerpos quedaron fríos. Amy no entendía por qué recordaba la realidad como prismas multiplicados, versiones de su misma realidad. Un espejo roto, que no por estar roto dejaba de reflejar. Voces de hijos, de los niños que nunca nacieron, volaban alrededor de su mente como si los hubiera conocido. Eran recuerdos de cosas que no sucedieron, pero que le pertenecían igual. La memoria de Patrick se confundía con sus propios recuerdos.

La torre iba a desplomarse a doscientos kilómetros por hora, piso a piso, hasta quebrar su arena sobre la banqueta. Las grietas en las paredes crecían como la sonrisa de un gato de perfil. Amy tendió la mano hacia Niuniu, sin alcanzarla.

Los peces bajaban por la escalera. El cardumen de chispas iluminaba su descenso, los reflejos en las escamas eran de un sol naciente en la superficie del mar. El resplandor se adivinaba arriba del edificio, sobre las escaleras, al final del cubo, nadando en el cielo.

*

Un señor hablaba con su bebé. Amy se acercó a escuchar. Algo le atraía de aquel hombre que susurraba solo. Arrullaba con sus palabras a una nenita imaginaria envuelta en sus brazos. Megan, te amo, le decía, y lloraba. Abrazaba el vacío frente a su pecho con ternura. No volteó a ver si alguien lo escuchaba. El hombre había dejado de caminar. Amy lo acompañó unos momentos antes de seguir su descenso.

*

Sesenta y cinco pisos abajo, los humanos eran hormigas sobre las banquetas. Era imposible discernir los detalles de sus existencias. Amy caminó entre hileras de muebles, cuidaba de no golpearse con ellos. Dejó los pisos de *marketing* atrás, con sus sueños pegados a sus paredes.

Las mujeres en los comerciales besaban con sus labios pulposos, sus senos inflados. Soplaban burbujas de jabón muy redondas en las que se reflejaban con asombro. Los hombres mordían manzanas, sus ojos semicerrados miraban a otros hombres con intensidad. Y los relojes de muñeca y los tacones altos y los trajes de color desfilaban. Coches como dulces y dulces como coches. Una lengua lamía un refrigerador. Los aviones volaban junto a los edificios que jamás tocaban.

Amy bajó otro piso, al sesenta y cuatro, luego al sesenta y tres. Había letreros con los nombres de las empresas en las paredes. La inercia jalaba sus pies. Parecía haber llegado al final de sus fuerzas. Pero faltaba tanto. ¿Cómo seguir? Todos los caminos llegaban a algún sitio. Incluso detenerme sería llegar, pensó.

*

Bajó mientras las voces subían sobre la capilla del edificio. Subían nadando por la escalera, plateadas. Algunas burbujas subían con ellas como lamentos. Hace tiempo que Amy no medía su tamaño habitual. Lo normal no existe. Sus pies tropezaban con los peldaños. Era imposible respirar en ese caos. Se ahogaba, lejos del mar, sus castillos de arena desmoronados a sus pies. Buscó la llave en su bolsa y abrió otra puerta. Amy hubiera deseado quedarse en el jardín de su abuela toda la vida, cercada por un muro de piedra protector. Pero la autopista circulaba tan cerca y se cerraba de nudos su garganta, se dibujaban los tréboles afuera, sobre los que andaban los coches como insectos sobre las plantas. Olía mal el combustible y el hedor de las llantas quedaba pegado a la noche cuando Amy dormía. La puerta se cerró tras de ella. Amy entró en el jardín.

Pero es imposible, pensó. El té le quemaba la lengua. Estaban los autos allí, incendiados. Sus castillos volvían a caer. Amy dio dos pasos atrás y cerró la puerta. La voz de su madre se quedó adentro.

*

Tomaba el té y las naranjas caramelizadas. A veces se quedaba largo rato absorta en el aroma de lo que ya no existe. La cosecha del *pû'ěr* había fermentado durante años. Tenía un sabor a clavo ahora, a humedad y a hongos en el bosque. Eran aromas y sabores que poca gente tendría la suerte de percibir. Las semillas de las naranjas se atoraban sobre la lengua. Había que escupirlas bajo la mesa. Lamía lo dulce del silencio y su amargura. El sol doblaba las sombras de los bambúes. Era de no creerse la nitidez de lo que tocaba su luz. El vapor permanecía sobre las tazas, giraba cerca de las palmas que se calentaba.

*

El bosque de bambú se trasladaba al caos de la escalera. Los detalles de Waco se confundían con China y China era un desierto texano. Los tulipanes africanos colgaban de sus tallos carnosos. Había lilas también y magnolias, helechos. Los perfumes de las plantas se confundían. Zapotes e higos y peras, duraznos.

Las ranas croaban al anochecer, sobre los lirios. Era ensordecedor su canto. A veces las carpas se acercaban demasiado a la superficie de los estanques, miraban arriba como si miraran abajo, con curiosidad y temor. Sus labios hablaban sin ruido. ¿Eso fue en Waco? ¿o en Cháozhōu?

*

Los escritorios mugían en la escalera. Un *reposet* de piel de oveja berreaba en el descanso. Una mesa relinchaba. Golpeaba el aire con las patas traseras. La biblioteca jurídica entera bloqueaba el paso. Los libros zumbaban. Varios percheros se habían agachado al atravesar el marco de la puerta y seguían avanzando hacia el siguiente tramo de escalera. Un futón color coral se rascó el costado contra la pared.

*

En el piso sesenta, el cubo de las escaleras se llenó de aves de fuego. La parvada llenaba los pasillos. Los picos abiertos arrancaban carteles de la pared. Se quemaban entre chispas y volvían a revolotear los polluelos recién nacidos. Los pájaros volaban sobre los muebles. Subían y bajaban las escaleras sin tocarlas, las iluminaban. Amenazaban con sus alas de fuego.

El humo se les había metido a los ojos. Las llamas se extendían sobre el rascacielos como un segundo cuerpo. Llovía ceniza sobre la ciudad. Era Pompeya, un veinticuatro de agosto. La gente miraba la catástrofe sin entender, sin huir.

Amy alcanzó otra puerta. Se escuchaba a sí misma del otro lado, hablaba en chino con sus abuelos. Apenas discernía la chapa cuando la llave entró en la cerradura y abrió. Una vez que te subes, ya no te puedes bajar. Entró. Somos un edificio hecho de voces, somos el eco de las personas que recordamos.

*

La sonrisa de Patrick creció. Creciste, le había dicho, poco después de conocerse. Amy también se sentía cambiar. Lento, a veces deprisa, su cuerpo se transformaba. Allí estaban las estrellas que había buscado con él en el telescopio. Luego el castillo cayó. Estuvimos tan cerca. Las tocamos. Pero se les iban. Nos mentimos. No quisimos entender lo que en realidad somos. Había tanto humo que de pronto Amy no podía dejar de llorar. Las voces de los niños volvían, las voces de las niñas que nunca nacieron. Llenaban los sitios de las aves del paraíso que habían quedado abandonadas en el jardín de su abuela. Ahora el jardín era un baldío.

Entre las sábanas fue igual, un baldío. Si me preguntas, le decía Amy a Patrick, te diría que no tienes idea, no me conoces. Patrick la interrumpía. Si no sabes no hables. No sabes. Ni te imaginas. Era un ir y venir de palabras. No se escuchaban nada. Una familia, decía Patrick, quiero ser una familia.

Las voces de los niños sin nacer nadaban entre las sábanas sobre sus piernas cuando hacían el amor, un cardumen en la oscuridad. Amy no quería protestar, pero tener hijos no. Patrick y ella gritaban en la cama sin abrir la boca más que de placer. Pero los peces se restregaban de nuevo entre las piernas. Las olas de tristeza rompían sobre sus cuerpos. Les penetraba el dolor.

*

Las voces sin nacer la guiaron de vuelta a la escalera. Se movían entre los torrentes de ceniza. Estaban tan altas las voces que sorprendían y su ulular era tan triste que podía romperle el corazón a quienquiera.

Dos años antes de que las voces aparecieran, el doctor le había explicado a Amy que el cérvix no se había dilatado suficiente. Su voz ecuánime no alcanzó a atenuar el dolor que ella sintió. Había cerrado los puños para evitar cerrar las piernas, pero las había cerrado de cualquier modo. La anestesia no sirvió para nada. Amy hubiera querido que Patrick estuviera allí, aunque él no sabía de los abortos. Amy los había tenido en secreto. No los quería compartir con nadie. Era su decisión y de nadie más. Su responsabilidad. La enfermera tardó en controlar el sangrado.

Por la noche, Patrick le había preguntado si estaba bien. Estaba pálida. Era la segunda vez que Amy le mentía, pero él sólo se enteraría después, con la tercera. ¿Estás bien? Fue el principio del final. Amy tardó en contestar. Se caía a pedazos, con grietas en los muros de su congruencia. Toda la vida, pensó, me he estado rompiendo mientras ocultaba la sangre que bajaba entre mis piernas. La realidad la golpeaba como golpea una bola de demolición un edificio. Las voces sin nacer tejieron un capullo de seda alrededor de su cuerpo.

*

A la distancia, demasiado lejos para ser visto e incluso demasiado lejos para adivinarse, el Hudson desembocaba en el Atlántico. Su delta abría una curva majestuosa sobre el horizonte. Los peces avanzaban hacia el mar. Eran sombras verdes y plateadas sobre las olas. Las gaviotas seguían al cardumen más allá de la línea del horizonte, hasta aventarse en la espuma a morir.

*

Las ventanas del edificio se desprendían de sus marcos con el calor. Se estrellaban sobre las banquetas, cien pisos abajo.

La puerta abrió de vuelta sobre el jardín de Waco. Amy se dejó conducir por el recuerdo. Las rosas estaban pintadas de carmín con tinta china. El pincel grueso de pelo de caballo se encontraba en el suelo. Las cabezas de las flores eran tan grandes que doblaban sus tallos y su perfume pesado caía sobre el pasto crecido, sobre las banquetas. Los vástagos endebles erguían sus cuellos decapitados. Amy tendría trece años. Iba a cumplir los catorce en unos días. Todavía se sentía contenta. Fue la última vez que abrazó a su madre y a su padre, que se perdieron en el trébol de la autopista.

Las llamas los consumieron en minutos, aunque sus padres murieron con el impacto y no con el fuego. Los paramédicos lo confirmaron. Era mejor pensarlo así. No fue posible separarlos de los asientos cuando al fin llegaron los bomberos. La abuela apenas reconoció los anillos de su hija en la morgue. Nadie entendió las palabras que brotaron de su boca cuando al fin balbuceó, la confusión incendiaba sus ojos.

El trébol se los comió. La carretera con sus desniveles había blandido sus fauces. Las personas de servicio social acompañaron a la abuela de vuelta a su casa. No entendían lo que decía. Lo adivinaban y bajaban la mirada. Amy tradujo. Quería que le devolvieran a su hija. Quería que Amy se quedara con ella. Necesitaba que su nieta tuviera éxito en la vida. Tenía que triunfar en lo que ella había fracasado. Al menos eso tenía que ser. Unos días después, Amy tuvo su primer periodo.

El jardín de su abuela fue una isla en un mar de autopistas. El mundo se había hecho enorme y hostil. Había que conquistarlo antes de que la consumiera. A sus catorce años, Amy entregaba las mermeladas en un taxi, iba de casa en casa como lo habían hecho sus padres. Luego pasaba al banco, al supermercado y pagaba sus colegiaturas, el gas, la luz. Amy medía las porciones de pasta de tamarindo con su abuela. Se ganaba todas las becas de su escuela. Incorporaba la soja y el ajo con el cucharón de madera, cuidaba las ollas que hervían. Estudiaba y sus calificaciones mejoraban. Su abuela nunca aprendió inglés.

Los últimos caracteres chinos se hicieron ceniza en la memoria. La muñeca, con su nombre en la barriga, se fue a la basura. Amy ya no quiso tocarla. La abuela cargaba un cesto de té imaginario con el peso del mundo a su espalda. Se hacía pequeña, encorvada.

Apenas llegaba al hombro de Amy cuando caminaban juntas. Ambas aleteaban como peces fuera del mar de autopistas que las rodeaba.

*

La tortuga de agua dorada era el emperador de los tés. Se vendía como oro, escaso y perfecto. Tardaba treinta años el proceso de fermentación. La larga túnica roja era la emperatriz de los tés. Sus hojas, en cambio, soltaban un sabor ahumado y dulce. Se lo estimaba como a un vino añejado en las más reputadas cavas de Europa. Puedes olvidarte del tiempo. Te puedes morir y renaces al probarlo. El aroma revivía en la memoria cosas que formaban parte de ti y habías olvidado. Era la realidad de un mundo paralelo.

La voz acompañaba el vapor sobre la taza. El pez encontraba su sitio en el agua, nadaba sin esfuerzo, se dejaba llevar por la corriente. Su abuelo había sido el poseedor de los secretos más preciados de la casa de té más antigua de China. Decían las leyendas que, desde la dinastía Tang, hacía más de mil años, el secreto se fue pasando de maestro a discípulo hasta él.

*

Amy estaba de nuevo en la escuela, en cuclillas bajo la resbaladilla. El recuerdo había sido tan nítido que de pronto entendió la cercanía de su muerte. Su mano apelmazó la arena sobre el castillo.

Era cierto que se había querido morir antes, con sus padres. No encontraba la forma de seguir adelante. Acaso la obsesión por sus estudios la salvó, mantuvo su mente enfocada en algo que daba sentido a su mundo. Pero cuando Patrick la dejó, sólo pudo imaginar la soga. El zapato en el suelo. Ahora, ese momento pasaba también. Mientras Amy bajaba la escalera, sintió que quería vivir, más que nunca y cada vez más. Aceleró el paso.

No soy una niña. Pero su abuelo estaba allí. Platicaron. Construyeron castillos en la arena. Alrededor de ellos, las carpas giraban. Su abuelo sonreía. Las manos de ambos se tocaban en el vacío. El secreto del té, ¿lo recuerdas? Había miles de peces, se movían como uno. El cardumen era dorado.

*

Detrás de la puerta había tortugas en el jardín. Cada tortuga tenía un nombre: Měilíng, Sùyīn, Tài y Huáng. Las tortugas salían a veces del agua a respirar. Dejaban círculos concéntricos alrededor de sus cabezas arrugadas. De madrugada, caminaban por los contornos de los muros en busca de un rayo de sol. De noche desaparecían en sus caparazones tras raspar con sus patas la hierba.

*

En el jardín de su abuela, la brocha pintaba las rosas de rojo. La tinta de china cubría los pétalos. La pala enterraba arbustos sin que nadie ayudara. Los enterraba, aunque volvieran a salir del suelo con sus espinas. Se enredaban y empezaban a invadir. Olía a primavera aun en otoño.

*

Amy hubiera preferido olvidar los últimos años de su abuela. Se enterraba a sí misma en su soledad, entre arbustos. Al final quedaba muy poco que decirse.

Las becas de Amy llegaron como los azahares al jardín. Su abuela les cortaba las cabezas. En Waco, la enredadera cubría las ventanas. La abuela apretaba el cucharón. Se escuchaba girar la madera al raspar el fondo de la olla, el azúcar se cristalizaba en los bordes. El bochorno se sentía incluso de madrugada. Era un aroma que siguió a Amy a la universidad. Alejarse de su abuela fue alejarse de sí misma.

*

Las semillas de kumquat habían llegado ocultas en otro calcetín. Al sembrarlas, florecieron. Pero Amy, en cambio, pensaba: Yo no. El desierto crecía en su boca, la arena se atoraba en su garganta. No hay castillo que sobreviva al tiempo. No hay arena que pueda sostener todo el mar de mis sueños.

*

Esa mañana, a las 5:30 de la mañana, antes de salir de la cama y con Niuniu entre los brazos, Amy había calculado la comisión que iba a tocarle por lograr el acuerdo entre aseguradoras. Era el contrato más importante que cerraba, convertía a su compañía en una de las transnacionales líderes en el mundo. Era el principio de cosas muy grandes, se decía. La comisión iba a ser una cifra de cinco números. Me iré de viaje con eso, tocaré las estrellas.

Toda su vida había trabajado para ese día, que al fin llegó. Sus pies descalzos se posaron sobre el suelo. El silencio de los hijos sin nacer la había despertado esa mañana, los sentía moverse en cada esquina del cuarto. Desde que Patrick se había ido, no se disipaban. Se enfundó las pantuflas, se dirigió al baño. Amy presintió la muerte cuando tropezó con la arruga en la alfombra. El caos regía el universo indiferente. Afuera, el cielo se tornaba azul, sin un rastro de nubes.

*

Pero Amy no cayó al tropezar. En vez, aplanó la arruga de la alfombra con el pie y siguió su camino hacia el baño. Se duchó, se secó, se arregló. Se pintó los labios con el color salmón que le recordaba que nunca sería un pez en el agua, un salmón. La idea de la muerte la perturbaba. Viajó con ella hasta Nueva York. Se subió con ella al elevador. Abrió la puerta antes de que llegaran los demás. Dejó su bolsa en el escritorio y se acercó al ventanal de la oficina. La vista era impresionante. El té calentaba sus manos.

A las 8:45 de la mañana, el avión se estrelló.

*

Cincuenta pisos abajo, la llave de su casa seguía en sus manos. Abría todas las puertas. Amy estaba cubierta de ceniza. Entró en un cuarto donde había una proyección del resto de su vida. El edificio se rompía. Sonaba a cristales quebrados. No quedaba tiempo. Soy el edificio. Un pueblo en China aparecía tras la puerta recién abierta, era una ciudad gris. Amy no podía creer lo que miraba, la manilla de la puerta aún entre sus manos. Las fábricas y sus chimeneas se habían tragado las montañas. Sobre el río antes amarillo, la hilera de cargueros esperaba el momento de cruzar el océano con todo el peso de sus contenedores de té. El pueblo del fénix era una ceniza. La casa de su infancia una ruina. Desde su cadáver de muros no se escuchaba ningún ave. ¿Dónde quedó su abuelo?

*

En los pisos de Condé Nast estaban las marcas comerciales y los despachos de diseñadores. Piso treinta y nueve. Los carteles sobre las paredes representaban dunas y sol. Los pies de Amy se enterraron en la arena. Las aves de rapiña volaban tan bajo sobre las cenizas que tocaban sus propias sombras con la punta de sus alas. Circulaban sobre las cabezas de la gente al bajar. La rodeaban con círculos de miradas atentas. Era como en mi escuela, pensó Amy. Arena a pérdida de vista y castillos hasta el horizonte.

Todos estamos locos. Perdimos la cabeza al empezar a construir nuestros castillos con palabras. Ilusiones. Cuando pienso, callo y cuando hablo no sé lo que digo. Los pedazos de ideas se me caen alrededor. La confusión ondula sobre la arena bajo mis pies.

Había agujeros en el centro de esa Babel. Desde los pisos más altos se alcanzaban a escuchar los rumores del caos adentro. Las frases silbaban con las corrientes de aire. Se perdía la cordura. Todas las formas de comunicación se colapsaban.

*

En veinticuatro horas, la tierra daría otra vuelta sobre su eje. Su mano tocó el hombro de la persona frente a ella. La mano de la persona detrás la tocó. Nada había cambiado, pero todo era diferente. Mañana serán las 8:45 de la mañana de nuevo. Otro avión cruzará el cielo. Niuniu entrará ronroneando bajo un rayo de sol. Y yo, yo estaré muerta.

*

Los despachos de arquitectos estaban en el piso treinta y ocho de la torre, justo después de las empresas de informática y de valoración de programas. Las sillas fueron las primeras en abandonar su sitio, huyeron sus rebaños y ahora sólo quedaban algunas maquetas espantadas, tendidas sobre el suelo o acurrucadas en las esquinas. Edificios de Dubái y de Cancún que parecían ser la misma construcción en la misma geografía, era imposible distinguir una de otra. Amy no detuvo el paso.

Un arquitecto deambulaba en la oficina, todavía arrastraba cierto aire de grandeza. Caminaba en círculos, admiraba su obra. La torre más grande del mundo, decía. Es la más grande y la más bella del mundo.

*

Los bomberos subían con sus mangueras al hombro, se abrían paso por la escalera, mientras el resto de la gente bajaba. El sudor corría por sus frentes y el agua de las mangueras descendía. Había demasiada gente en los pasillos. Empujaban. Imaginaban que el agua en el desierto se les subía hasta el cuello. En Waco, por ejemplo, en verano, era tan bello cuando llovía sobre las dunas, tan inesperado. El suelo se podía volver verde en unas pocas horas y las damas de noche florecían al caer el sol. En el edificio, el agua se evaporaba al contacto con el fuego. Se evaporaba incluso mientras los bomberos tropezaban con las arrugas en la alfombra.

*

Las fotografías de sus padres se habían adherido a sus manos, sus rostros se querían romper. A Amy sólo le quedaba eso, esas sonrisas sobre sus manos.

El último bombero pasó junto a ella. Al girar entre las maquetas en el piso de arquitectos, se tocaron sus brazos. Por un instante se miraron. Luego él siguió su camino hacia arriba y Amy volvió la mirada abajo. Las fotografías de sus padres se habían adherido a sus manos, sus rostros se querían romper. A Amy sólo le quedaba eso, esas sonrisas sobre sus manos.

*

Se detuvo, estaba tan cansada. Abrió la puerta y entró. En el palier, el sol caía escandaloso. Amy se refugió en su calor unos momentos, sin lograr recuperar el aliento. Había más personas allí. Una mujer con la boca entreabierta y el ceño fruncido. Un hombre con la mano sobre el pecho que negaba con la cabeza y hablaba solo. Un joven cubierto con ceniza. Mis padres escaparon de una realidad para morir en el trébol de una autopista. Llegaron como semillas escondidas en un calcetín, con una receta ancestral en la memoria, con un idioma que me enseñarían a olvidar. Callaron sus secretos. Mis padres me describieron el pueblo del fénix mirándolo a través de un telescopio y, a la vez, me pidieron que sobreviviera en un mundo ajeno. Ahora había charcos en la escalera donde los bomberos habían dejado de estar. Olía a cañería el agua que bajaba en cascadas por la pared.

*

Soy el edificio, dijo Amy al cerrar la puerta y volver a bajar. Mil setecientos setenta y seis pies de altura, doscientas mil toneladas de acero, quinientos negocios en mi interior, cincuenta mil empleados. Nueve capillas de credos distintos en varios pisos. Idiomas que no entiendo y lenguas balbuceadas por tantas bocas que es imposible escuchar lo que decimos.

*

La sensación del vestido volvía. Era una seda tersa, pero rasgada. Le pareció a Amy que olía a naftalina la escalera, pero la polilla no hacía caso y de cualquier modo se comió sus recuerdos. Era una seda burda, con botones como perlas sobre las mangas. Un vestido de novia. Un capullo. Las manchas de moho crecían sobre los dobladillos, eran palabras sobre un viejo papel de arroz.

Falsa esperanza

El nombre de su abuelo fue Měihuì. Se disimuló entre hileras de árboles cuando su familia se fue a Hong Kong. Las universidades habían cerrado sus puertas. Llegaban hileras de camiones desde la ciudad, venían cientos de personas a cultivar la tierra, sin ninguna preparación previa. Intelectuales que nunca habían sujetado una pala en sus vidas. Matemáticos, físicos, filósofos, músicos, arquitectos. El país se desmoronaba, daba lugar a nuevas estructuras tan efímeras como la anterior. No puedo ir con ustedes, dijo, cuando se despidió de su familia. Esos árboles le daban sentido a su vida. Entregó su libreta a la abuela. Fue un recuerdo que Amy no podía olvidar, lo recogía su memoria y lo cultivaba. La receta de la mermelada estaba escrita en la libreta. Fueron trazos hechos deprisa. La tinta se había corrido, al margen había párrafos ocultos, describían el secreto del té. El abuelo acarició los cabellos de Amy. No olvides. Su voz era clara. Un caudal amarillo bordeando la tierra roja. Fue lo que quedó.

*

Había más de novecientos millones de libros con estrellas rojas cintilando en sus portadas. Era cierto que habían caído en desuso los libros de Mao, pero el mensaje era el mismo: una constelación de estrellas en un cielo vivo, estrellas que nadie había visto y que muchos juraban seguir viendo.

El libro del abuelo, en cambio, era de pastas blandas, gris y delgado. Era más un cuaderno de apuntes con recetas de cocina que un tesoro. Su secreto se disimulaba en el margen de las hojas.

Los vecinos dejaron de preguntar por él. Su familia perdió todo contacto. Seguramente, pensaba Amy, mientras bajaba los últimos pisos, mi abuelo miró hacia el horizonte desde la casa en el pueblo del fénix, allí estaban sus bosques de árboles milenarios, allí siguió el perfume del té en su taza, hasta el final.

*

La abuela había hervido el agua en silencio al recordar a su esposo. Lejos de sus recuerdos, añoró las montañas. Nunca habló con Amy sobre la libreta. Ya iría a descubrirla. Así son los secretos.

Exhaló su último suspiro bajo el naranjo de kumquat, en Waco. Nunca habló inglés. Su gran satisfacción fue que su nieta había subido a la cima del mundo. Cuando murió, estaba descalza en su jardín, exuberante como él, tenía tierra en los pies y el corazón ligero. Una golondrina, hubiera dicho Amy, un ave que desaparecía como una estrella en la madrugada. Su abuela abrazaba la libreta junto a su pecho.

*

El mejor momento para plantar un árbol, había dicho la abuela Róngyì, mucho antes de morir, es hace veinte años. Había sonreído al decirlo. El mejor té viene de un bosque donde los árboles son milenarios. Hay que esperar que las hojas fermenten durante años.

Los paramédicos encontraron la libreta en sus brazos. Estaba escrita en chino, excepto por una frase aislada que pudieron leer. Más vale encender una vela, decía, que maldecir la oscuridad. Amy la había escrito en inglés, con tinta china y pincel. El viento soplaba en la enredadera. La autopista de Waco rugía. La abuela había muerto, el secreto seguía vivo.

*

Quiero despertar. Escuchaba al edificio, sus articulaciones de acero, su osamenta pesada. Amy cerró los ojos y se apoyó en la pared. Los brazos de su madre la sostenían. Su abuela también estaba allí. Levantaron a Amy de sus brazos y la subieron sobre sus hombros.

Las mujeres bajaban por la escalera, sus mejillas quemadas por el frío de las terrazas de cultivo. Sus labios hablaban lenguas con voces bajas, se entendían con los cantos entrelazados de las aves en la montaña. Amy las escuchaba con esa misma voz que subía y volaba, que migraba. Se dejó llevar. Así debe ser la muerte, pensó. Así de dulce es el final.

*

Al final, se escucharon sólo los coches en la autopista. La enredadera se había llenado del sol, no dejaba pasar la luz al interior. Poco a poco, la penumbra se fue habitando de terrazas con hileras de árboles de té, la cordillera se seguía a pérdida de vista. La abuela sonreía sola, hablaba sola. Olía a jengibre, a ajonjolí. Desde los bosques de bambú, se escuchaban las golondrinas. Por momentos, también, se escuchaba la voz de Měihuì mientras preparaba el té con ella. A veces, la pantufla tropezaba con el universo. La abuela guardaba el equilibrio y seguía avanzando hacia el vacío.

*

La antigua ruta del té y los caballos se extendía ahora hasta Waco. El vacío con olor a leche rodeaba a la abuela. El abuelo reía. Esa ruta es la que los antepasados habían trazado junto a ríos y sobre las montañas, para unir provincias y paladares. Exportaban el té y volvían de vuelta con sus caballos. Perfeccionaron las recetas secretas. Al principio sólo se masticaba una hoja durante el trayecto. Pero el sabor era amargo. Aprendimos a guardar las hojas en los atados sobre los caballos y supimos que el té fermentaba. Al hervir las hojas, matamos las bacterias y liberamos los secretos. Era un aroma de no creerlo.

Měihuì rompía las hojas sobre cestos de mimbre. Las dejaba reposar al sol y, al cabo de unas horas, las cocinaba en ollas de barro. Mataba lo verde. Las hojas café volvían a sus cestos de mimbre y eran prensadas a mano. Sus manos olían a té. La textura tibia cedía al amasarla. Las hojas se fermentan con el tiempo.

El té *shú* era el más cobrizo, más amaderado y maduro. El té crudo, o *shēng*, en cambio, daba un líquido amarillo, transparente, tan aromático que tenías que cerrar los ojos para beber su perfume. Se prensaban los tés con fuerza entre telas hasta formar los discos o nidos, y a veces se guardaba en cáscaras secas de yuzu o en cañas de bambú. El sabor variaba con el aroma del envoltorio. Se dejaba endurecer bajo el peso de una piedra hasta volverlo también como una piedra. Se escondían las cajas de madera con los discos, veinte o treinta años. A veces no se vivía para probarlo.

Tu receta está segura, interrumpía la abuela, como lo hacía siempre que se cansaba de escuchar el monólogo de Měihuì. Cuando sea el momento, la receta volverá a casa. Su andar se fue haciendo frágil. La abuela caminaba junto a sus ancestros sobre la ruta del té. Cargaban cada uno su cesto sobre la espalda, en un bosque de árboles viejos. Todo se lo lleva ese río amarillo que somos.

*

El viento arrastraba sus pies. Planos y papeles volaban. Pronto dejarían de existir los cubículos y las oficinas. Las engrapadoras, las plumas fuente, las pantallas de computadora, los teléfonos con voces metidas adentro, las impresoras, los relojes del mundo y las fotografías en los escritorios. El orden.

La cuenta regresiva empezaba, piso veinte del edificio, piso diecinueve… Fue el aborto. Cuando Patrick se enteró, fue el divorcio. Su abuela se moría en Waco y ella abortaba en Nueva York. El auto se quemaba en la autopista. Mis padres huyeron, mi abuelo en sus bosques de té. El tiempo marchaba al revés. Amy construía castillos bajo una resbaladilla. Los niños nadaban alrededor. Un cardumen bajaba por la escalera del gran edificio y una golondrina moría en una caja de cartón. Todo, al final, es arena.

*

Le parecía tan insignificante el dolor de ese edificio comparado con su dolor. Sólo faltaban quince pisos.

Pero recordaba aquella voz, el sangrado y las náuseas. Esa voz cuando había querido morir. Fue la última vez que pasó: otra voz sin nacer.

Amy había mordido el sándwich con asco, sentada entre dos personas en el metro. Había tirado el envoltorio a la basura y lo había mirado desdoblarse. Las formas habían creado otras formas. En ese momento, Amy supo que todo estaba perdido. Las voces habían nacido. Revoloteaban como mariposas que apenas descubrían sus alas mojadas sobre un capullo en un bosque de niebla. Sólo Amy las podía escuchar. Estaban envueltas en seda, como ella, esa textura maleable apenas detenida sobre la piel. Fue en ese momento cuando cayó su edificio. Las voces de los niños huyeron por las ventanas quebradas. Eran tantas mariposas y de tantos colores. Era un cielo azul sin nubes.

*

La recibieron con guantes y tapabocas en la clínica. Las enfermeras no hicieron preguntas incómodas. Sus dedos tampoco fueron incómodos al tocarla, ni fríos. Una de ellas sujetó el hombro de Amy con una mano de látex. Amy alivió la tensión al sentir la anestesia clavarse en sus venas. Cerró los ojos. Sus recuerdos se fueron deslavando con su memoria. Era el río amarillo que fluía hacia lo negro del océano. Un cardumen de peces nadaba cerca, sin acercarse. Un rayo de luz flotaba sobre su cabeza en el cuarto de hospital, el reflector la iluminaba de blanco. Los brazos de su madre la sostenían. ¿O era la enfermera? La levantaron y la subieron sobre sus hombros. No pesaba nada. Su madre la llevó lejos de allí, a su infancia. Las carpas nadaban en círculos lentos, miraban arriba. Una mujer bajaba del castillo de arena. Cantaba. No tenía rostro. La sonda entraba entre sus piernas. La golondrina estaba muerta.

*

En casa, Patrick permaneció mudo. No hallaba la forma de decir lo que quería decir. El lenguaje era la arena que se le atoraba en la garganta. Estaba tan enojado que quería llorar. Dijo, con voz casi inaudible, casi como un quejido animal: Amy. Luego bajó la mirada y la enterró en el suelo. Ella guardó silencio. Aún sentía los calambres en el estómago. Lo hubiera hecho mil veces. No quería traer vida a este lugar de muerte. Hubiera abortado mil veces. Pero escuchaba nacer a las voces sin nacer. Revoloteaban con la polilla sobre el vestido de seda que vestía su desnudez. Esto es lo que soy. Este velo que cae a mis pies, estas arrugas en el universo. La tela pesaba sobre el recuerdo.

*

Bajó los escalones sin saber lo que hacía. Su vida se había vuelto una serie de movimientos automáticos. Sus músculos temblaban por el esfuerzo. Estaba viva, cerca del aire que de pronto subía por los pasillos, era como entrar en el mar. La bola de demolición tiraba el castillo. El suelo temblaba bajo sus pies. Había tanta gente que apenas se podía respirar. Estas personas que corrían con ella. Cada pez de diferente color, aunque todos plateados y todos nadando en la misma dirección.

Atravesaron los pisos de máquinas, los órganos internos del edificio. Había dejado de latir el corazón con sus bombas de agua y sus aires acondicionados. Bajaron unos minutos más, los silencios producían eco. Corrían hacia la SALIDA, con sus letras de neón apagadas.

*

La Administración Federal de Aviación declaró que dos aviones habían chocado contra las torres de arena. Se cancelaron cuarenta mil vuelos nacionales e internacionales. Miles de heridos inundaron los hospitales. Quince mil personas fueron desalojadas.

Mermelada amarga

Su abuelo decía que el que regresa de una jornada no es nunca el mismo. Se quedaron sin retratos de él, nunca lo volvieron a ver. Sólo quedaron versos y recetas en los márgenes de un libro gris. Son las cenizas que soy. Amy bajó las últimas escaleras. Al final del túnel se veía la luz, se escuchaban los chirridos metálicos de un tren por descarrilarse.

*

La cuerda estaba tensa bajo sus pies, se extendía entre los rascacielos, bajo un cielo de ceniza. Fueron los últimos pisos que bajó. Sus piernas estaban tan cansadas que los espasmos engarrotaban sus músculos, le dolía respirar. Se escuchaba una masa uniforme, un cardumen masivo. Por momentos, Amy discernía las palabras que flotaban en el aire. Eran los ecos de los pisos encima de ellos. Se había perdido el sentido. La lengua se separaba y formaba letras nuevas. Abajo se escuchaba la ciudad, los coches, las risas, los *fuck you.* El espacio y el tiempo se colapsaban en la memoria. Los recuerdos se entremezclaban. Por momentos escuchaba a Patrick hablar como si fuera ella. Ya no te puedo querer. Me dueles. No puedo protegerte. Su mirada se oscurecía al cerrar la puerta como la tapa sobre una caja de cartón.

*

Estamos hechos de aire y es inmenso el horizonte. Amy se detuvo un momento sobre la cuerda floja. Guardó el equilibrio, dio un paso y luego otro. Los brazos aleteaban en el aire. Miraba un ave cruzar frente a ella. Amy elevó los brazos hacia sus costados. Por momentos, pensaba haber alcanzado el horizonte, por momentos se sentía parte de él. Como si todo, de pronto, estuviera hecho de una misma voz.

Su cabello se alborotó en la brisa. La golondrina ya no estaba. Avanzó sobre el vacío. Su propia voz le llegaba desde otro universo, envuelta en silencio. Somos todo y no somos nada. Soy la persona que me mira desde la banqueta, el periodista con el humo en los ojos. Me he mirado durante años en el espejo sin reconocerme. El periodista dejó su cámara sobre la banqueta y caminó hacia delante con los brazos extendidos, como si quisiera abrazar o contener la confusión con su abrazo. Amy dejó de respirar un momento. Había tanta gente alrededor. Sabía que, si levantaba los pies del suelo, no iba a caer. Seguiría avanzando con el cardumen.

Siguió su camino entre los edificios de arena. Su cuerda desaparecía sobre el vacío. El periodista lloraba. Por un instante se le escuchó junto a la gente en Babel, era una sola lengua. Las palabras eran historias. El periodista caminó hacia ellos. Seis mil heridos en las banquetas, gente gris. Una ambulancia partía el aire con su sirena. Se escuchaba a los edificios hablar. Las voces formaban la soga. Un zapato había caído del pie. Pero Amy, más que nunca, quería vivir.

*

Las voces levantaron el vuelo como las golondrinas que se alejan del frío. Callaron un instante poco antes del colapso. Eran chispas pequeñas que brillaban sin cuerpo sobre el incendio, las alas marcaban el cielo de negro. Amy las escuchó. Dio la espalda a la escalera y corrió con toda la fuerza que le quedaba hasta salir de allí. No volteó ni una sola vez al alejarse.

*

Cruzó el *lobby* en el primer piso de la torre. La puerta giratoria al final del vestíbulo bullía de gente. El cardumen inmenso de peces plateados como un candil iluminado se arremolinaba sobre la puerta. Los peces nadaban a gran velocidad, daban vuelta sobre un eje, chocaban entre sí, se rompía su ritmo. Luego, volvían a su movimiento giratorio, enloquecido.

Amy chocó con la gente. Corrió. Chocó con los muebles. Eran rebaños de escritorios y de sillas aglomerados en la confusión del *lobby.* Se empujaban entre ellos como ideas en una mente perturbada. Mugían, relinchaban, bramaban.

La voz de esa Babel eran idiomas muertos que estaban por renacer de sus cenizas. El idioma primordial, hecho de todas las voces anteriores, un último verso antes del final eminente. La primera palabra que pronunció una madre al derramar una lágrima y dar a luz sus historias sin nacer. Su bebé repitiendo esa palabra. Tantas historias, tantas voces sin nacer. Y la última voz de la madre que vio a su última hija morir en sus brazos.

*

Amy salió a la calle. Ya no quedaba tiempo. Nadie miraba hacia el horizonte. Caían ventanas y pedazos de fachada. La ambulancia sonaba cerca, pero apagada entre nubes de polvo. Había heridos en las banquetas y gente gris. Era difícil distinguir a lo vivo de lo muerto. Todo parecía escombro. Babel se les caía encima.

*

Una mujer llevaba a su niña a la escuela esa mañana cuando supo que su marido había estado en el accidente en el piso ciento cinco del edificio. En el coche, su hija admiraba las ilustraciones de un país de maravillas. Corría los dedos pequeños sobre la imagen de un conejo. El reloj escapaba del bolsillo de su chaleco. Iba vestido con ropa elegante. No era posible imaginar algo más bello que esa historia. Al rato iba a jugar en el patio de su escuela, en la resbaladilla. Si le daba tiempo, se sentaría sobre la arena a seguir leyendo. Alicia caía en una madriguera sin fondo. Todo está bien, decía el padre de la niña por teléfono. Todo está bien.

Su madre dejó de conducir en medio de la calle cuando entendió el tono de la voz. Los coches pitaban detrás, en la confusión. La niña miró por la ventana del coche. Un helicóptero volaba encima de ellos. Un avión trazaba una línea recta en el cielo.

*

En la parte superior del rascacielos, un ángel volaba. Su cabello largo y negro sorprendía junto a las llamas del edificio. Sus pulseras doradas cantaban en sus antebrazos. Amy las escuchó desde la banqueta rota, entre el polvo y el derrumbe. No era un ángel, era una golondrina.

*

Entonces cayeron las torres de arena.

*

Por momentos, miramos hacia arriba como si miráramos hacia abajo, pero no queda nada que mirar. El ferrocarril había pasado. La luz al final del túnel fue ese otro tren. Un ruido cada vez más fuerte, adentro, y más adentro, de nuestra esperanza. Doscientos, trescientos, quinientos vagones sobre las vías del tren. Ciento diez pisos se descarrilaron. Un incendio quemaba la ciudad y llegó la única nube de polvo, de acero y cristal; se movía deprisa y se comía al mundo al pasar.

*

Los hospitales se llenaron de gente. Los noticieros informaron sobre los doscientos bomberos muertos. Las voces se quemaron al describirlos. Ellos también fueron voces. El número de muertos ascendía. Poco a poco, el sitio quedó vacío, otro castillo de arena.

*

Una burbuja de silencio flotaba en medio de la ciudad como bajo el agua. Un cardumen nadaba en el polvo. Costaba trabajo respirar.

El pueblo del fénix

El sur de Manhattan ocultó su rostro. El centro financiero estaba convertido en una zona de guerra. La gente gris caminó en un mundo gris. Las calles estaban cubiertas de una gruesa capa de arena. Los coches habían dejado de circular en las autopistas. Se escuchaban gritos rebotar entre los edificios. Ni un movimiento se adivinaba bajo las toneladas de acero torcido.

Los cables de alta tensión habían derretido el concreto. El vapor bramaba fuera del suelo, las alcantarillas supuraban su líquido. Un pastor australiano corría tras la sombra de una silla que cojeaba. Se adivinaba la luz de un solo semáforo prendido, verde. Los postes tirados en el suelo habían aplastado a los coches. Sus llantas seguían girando.

*

La sensación volvía a sus manos, al vestido de seda, al velo de tul, las flores de azahar perfumadas en su cabello. La polilla se comía el recuerdo, pero la tela permanecía a pesar de los agujeros. Ya no olía a naftalina. Su memoria construía la sensación de la tela. Abrazó a Patrick y pensó que el castillo podía ser un beso que dura para siempre. La tela es lo que soy. Los agujeros, el recuerdo. Soy las voces que construyen.

*

En las montañas del sur de China, en la provincia de Chāo'án, un anciano se preparaba un té. Escribía recetas al margen de una libreta gris. 金桔, *jīnjú* escribió, naranjas de kumquat, para ocultar sus secretos entrelíneas. Sus manos rígidas junto a la tetera ancestral dibujaban los caracteres. Té de dragón negro. Fue la mejor cosecha de su vida. Nunca le supo mejor un té, el balance perfecto. Sabores completos, una acidez justa y la dulzura de la nostalgia que rodea el final de una cosa. Un recuerdo, es lo que queda en el paladar.

Amy estaba dormida en su cuna a su lado. El abuelo Měihuì sonrió. Una puerta se abría de par en par hacia el balcón de la casa. Del otro lado, las carpas besaban el vacío. Olía a leche y a miel.

*

Ahora miraba al Hudson. El río fluía hacia el mar. Las cenizas caían como nieve sobre sus brazos. Amy apretaba contra su pecho las fotografías, lloraba. Allí estaban sus voces. Allí estaban las llaves que abrían su memoria. Iré a China, pensó. Iré a ver mis montañas. La urna con las cenizas de su abuela la acompañaría de vuelta a casa. Pero iré antes a mi departamento. Me acostaré con Niuniu y la sentiré junto a mí hasta despertar.

*

Las cenizas llovieron mucho tiempo después. Las alas de fuego se abrían y se cerraban sobre las ruinas. Habían nacido del capullo, mojadas, ahora resplandecían. Eran partículas incandescentes derretidas sobre el acero, plumas verdes, por momentos doradas, y acuosas.

*

Un telescopio intacto descansaba sobre las ruinas. Su lente buscaba el horizonte. Lentamente, conforme el polvo se hacía escaso, enfocó en las estrellas.

AGRADECIMIENTOS

Las torres de arena fue posible gracias al acompañamiento de Marco, Camila, Jorge Eduardo, Gustavo, Alberto, Gregory, Alice, Alejandro, Roberto, Ling, Xiaojian y Sandra, quienes aportaron intelectual y emocionalmente a mi labor de construir otro castillo de arena.

ÍNDICE

ACABOSE DE IMPRIMIR ESTE LIBRO
EL DÍA 25 DE OCTUBRE DE 2023